# 엄마 실격

The Unnatural Mother

KB106677

샬럿 퍼킨스 길먼
이은숙 옮김

# 엄마 실격

The Unnatural Mother

샬럿 퍼킨스 길먼(1860~1935)

**차례**

# 예상치 못한 일

1

"예상치 못한 일이 생긴다."라는 프랑스 속담이 있다. 나는 그 속담을 좋아한다. 사실이므로. 그리고 프랑스 속담이라서.

내 이름은 에두아르 샤르팡티에다.

나는 미국인이지만 태생만 그럴 뿐이다. 유아기에는 프랑스인 유모의 손에 컸고, 유년기에는 프랑스인 가정 교사의 가르침을 받았으며, 청소년기에는 내내 프랑스 학교에 다녔고, 성인이 되어서는 프랑스 미술에 빠져 지냈다. 정서적인 면에서도 교육적인 면에서도 나는 프랑스인으로 살아왔다.

프랑스 중에서도 근대 프랑스를, 프랑스 미술 중에서도 근대 프랑스 미술을 나는 동경한다!

나는 가장 최신의 화풍을 좇는데, 내가 따를 대가로 찾아낼 수 있었던 화가가 M. 뒤셰인이다. M. 뒤셰인의 그림들은 3년 내리 살롱[1]에 전시되었고, 요즘 어디서나 불티나게 팔린다. 그럼에도 불구하고 파리에는 M. 뒤셰인에 대해 알려진 바가 거의 없다. 그의 집, 그의 말, 그의 마차, 그의 하인들, 그의 정원 울타리를 아는 사람들은 있지만, 그와 만난 사람이나 이 야기를 나눠 본 사람은 없다. 사실 그는 언제인가 파리를 떠났고, 우리는 멀리서 그를 동경하고 있다.

나는 이 화가의 스케치를 한 점 소장하고 있다. 내가 시샘 어린 마음으로 높이 평가하는 이 작품은 아직 완성되지 않은 대단한 그림의 연필 스케치다. 나는 완성작을 기다리고 있다.

M. 뒤셰인도 나도 사람을 모델로 그림을 그린다. 그것이 확실하고 정확하며 충실한 그림을 그릴 수 있는 유일한 방법이다. 공상을 표현하는 독일 미술이나 가정(家庭)을 소재로 하는 영국 미술에는 모델이 없어도 되겠지만, 근대 프랑스 미술에는 모델이 반드시 필요하다.

5년간 작업을 해 왔지만 여전히 배우는 입장일 뿐, 그림으로 몇 프랑, 아니 몇 달러도 못 버는 사람이 계속해서 모델을 구하기란 쉽지 않다.

그렇지만 나에게는 조젯이 있다!

에밀레와 폴린도 있다. 어쨌든 지금 모델은 조젯인데, 아주 사랑스럽다!

사실 조젯에게 영혼의 울림 같은 것은 없다. 하지만 그녀의 몸은 매력적이고, 나는 그것을 그대로 그린다.

조젯과 나는 멋지게 잘해 나가고 있다. 화가에게는 결혼보다 이런 관계가 훨씬 좋다! 도데 씨[2]의 혜안은 참으로 대단

---

1    매년 파리에서 개최되는 현대 미술 전람회.

2    알퐁스 도데(Alphonse Daudet, 1840~1897): 프랑스의 소설가.

하다!

앙투안은 내 가장 소중한 친구다. 나는 그와 함께 그림을 그리며 행복한 시간을 보낸다. 그리고 조젯은 내가 가장 아끼는 모델이다. 나는 그녀를 그리면서 즐거운 시간을 보낸다.

이 평화로운 생활 속으로 미국에서 편지 한 통이 날아오며 감정의 소용돌이를 불러일으킨다.

뉴잉글랜드[3]의 동북부 지역에, 나의 종조부 되시는 분이 있었던 모양이다. 메인주였나? 아니, 버몬트주다.

그런데 참으로 이상하게도, 미국 동북부에 있는 이 종조부가 늘그막에 프랑스 미술에 빠졌던 모양이다. 그렇지 않고서야 그분이 변호사를 통해서 나를 찾아내고, 돌아가실 때 내게 25만 달러나 되는 유산을 남긴 이유를 설명할 길이 없다.

존경스러운 종조부님!

하지만 꼭 지켜야 할 조건이 있었다. 고국으로 돌아가서 재산을 정리해야 한다는 것이었다. 그래서 나는 파리를, 앙투안을, 조젯을 떠나야 했다!

버몬트주의 작은 도시보다 파리에서 먼 데가 또 있을까? 없다. 안다만 제도[4]도 더 멀지는 않으리라.

그리고 재종들의 가족과 함께 지내는 것보다 앙투안, 조젯에게서 멀어지는 일이 또 있을까?

아무튼 그 친척들 중 한 명이 — 맙소사! 한 사십칠촌쯤 되는데 — 어찌나 아름다운지, 나는 그녀가 미국인이라는 사

---

3   메인, 뉴햄프셔, 버몬트, 매사추세츠, 로드아일랜드, 코네티컷의 여섯 주를 포함하는 미국 북동부 대서양 연안 지역.

4   인도 동쪽 벵골만 동부에 있는 섬의 무리.

실도 잊고, 파리도 잊고, 앙투안도 잊는다. 맞다, 조젯까지 잊는다! 가여운 조젯! 하지만 이런 게 운명 아니던가.

이 친척은 다른 친척들과 달랐다. 나는 그녀의 꽁무니를 따라다니며, 이것저것 캐묻고, 마침내 그녀에 대해 알아낸다.

그녀의 이름은 메리 D. 그린리프인데, 앞으로 그냥 마리라고 부르겠다.

마리는 보스턴 출신이다.

하지만 이름 말고는 그녀를 어떻게 표현해야 할지 잘 모르겠다. 하녀, 부인, 모델 등 나는 정말 대단한 미모의 여자들을 꽤 많이 봐 왔다. 하지만 이 시골 여인과 견줄 만큼 아름다운 사람은 단 한 번도 본 적이 없다. 참으로 아름다운 인물이었다!

아니, '인물'이라는 말로는 그녀를 제대로 표현할 수 없다. 그녀의 몸은 싱그러운 디아나[5] 같다. 몸과 인물은 전연 다른 것들이다. 나는 화가이고, 파리에서 살아왔다. 그래서 그 차이를 안다.

유산 정리는 보스턴의 변호사들에게 맡길 수 있음을 나는 알게 된다.

3월, 버몬트주 북부의 날씨는 정말 좋다. 산, 구름, 나무도 있고. 나는 한동안 이곳에서 그림을 그리기로 한다. 그리고 이 수줍음 많은, 싱그러운 영혼의 주인도 돕기로 한다!

"마리, 이리 와요. 내가 그림 그리는 걸 가르쳐 줄게!"

내가 말했다.

"그건 여간 힘든 일이 아닐 거예요, 카펜터 씨. 시간이 너

5   로마 신화에 나오는 사냥·다산·순결·달의 여신.

무 오래 걸릴 거예요!"

"에두아르라고 불러요! 우리는 친척 아닌가요? 부디 에두아르라고 불러 줘요! 그리고 마리, 당신과 함께라면 그 어떤 일도 힘들지 않아요. 당신 옆에 있으면서 너무 오래 걸린다고 생각할 수는 없으니까요!"

"고마워요, 에두아르. 하지만 당신의 착한 성품을 이용해서는 안 된다고 생각해요. 게다가 저는 여기 머물지 않고, 보스턴에 있는 숙모님께 돌아갈 거예요."

나는 보스턴의 3월 날씨도 좋다는 걸 알게 되고, 또한 보스턴에 미국의 화가들을 고무할 만한 흥미로운 장소들이 있다는 사실도 알게 된다. 그래서 유산을 정리하는 변호사들을 도울 겸 한동안 보스턴에 머물기로 한다. 어쩔 수 없이.

나는 계속 마리를 찾아간다. 친척 아니던가?

나는 그녀에게 삶에 대해, 예술에 대해, 파리에 대해, M. 듀셰인에 대해 이야기한다. 내가 아끼는 M. 듀셰인의 스케치도 보여 준다.

"상상이 좀 지나치신 것 같은데, 저는 마냥 숲의 요정 같은 사람이 아니에요. 서도 파리에 가 본 적이 있어요. 몇 년 전에 숙부님하고요."

"아름다운 마리, 설령 당신이 보스턴에서조차 지낸 적이 없었다고 해도, 난 여전히 당신을 사랑할 수밖에 없어요! 나와 함께 또 파리를 보러 갑시다!"

그러면 그녀는 웃음을 지어 보이면서 나를 돌려보내곤 했다. 그래, 맞다! 짐작하시듯, 나는 그녀와 결혼까지 생각했다.

나는 곧 그녀가 관습에 대해 여느 여자와 다름없는 신념을 갖고 있음을 알게 되었다. 그래서 그녀에게 『예술가의 아내』⁶를 주었더니, 이미 그 책을 읽었다고 하면서 도데와 나를 비웃었다!

나는 그녀에게 내가 직접 알았던 타락한 천재들에 대해 이야기했다. 하지만 그녀는 타락한 천재는 타락한 여자만큼 나쁘지는 않다고 대꾸했다! 어린 여자들을 설득하기란 왜 이리도 어려운지!

할 만큼 했다고 생각한 나는 결국 두 손을 들었다. 그러고는 눈물을 머금고 뉴욕으로 떠났다. 하지만 안타깝게도 뉴욕은 보스턴에서 그리 멀지 않았고, 나는 이내 다시 돌아왔다.

그녀는 숙모와 함께 살았다. 관습을 엄격히 지키려고 하는 사랑스러운 내 여인이 지독하게도 심지가 강한 숙모와 함께 살았던 것이다. 나는 꼬박 한 달 동안 그들 사이에서 온갖 노력을 다 했다!

계속해서 찾아가고, 그녀에게 꽃다발을 안기고, 그녀를 극장에 데려갔다. 심지어 숙모까지도. 숙모는 이런 내 노력에 적잖이 놀란 듯했다. 하지만 나는 미국의 그런 허물없음이 탐탁지 않다. 나는 내 아내 — 그녀는 기필코 내 아내가 되리라! — 를 예를 갖추어 대할 것이다.

내 평생, 그 지독한 미녀한테서만큼 비웃음을 당한 적이 없고, 그 지독한 숙모하고만큼 격렬한 언쟁을 벌인 적도 없다.

유일한 안식은 그림이었다. 마리는 언제나 그림을 바라보았고, 그림을 보는 안목이 있는 것 같았다. 엉터리 그림도 대부분 이해했고. 그래서 나는 그녀가 내 그림을 좋아하게 될지도 모른다는 희망을 어렴풋이 품기 시작했다. 이따금 작업실

---

6  Les femmes d'artistes. 1874년에 출간된 알퐁스 도데의 책.

에 찾아와, 남편의 그림을 보며 즐거워하는 아내를 가질 수 있다는 희망을. 하지만 작업실에는 모델들이 있을 텐데! 이미 말했듯이, 내 그림은 거의 언제나 모델이 필요하다. 그리고 나는 도데의 글이 아니더라도 여자들이 모델을 어떻게 생각하는지 잘 알고 있다!

게다가 몹시도 점잔을 빼는 고지식한 뉴잉글랜드 여자라니! 뭐, 그녀는 정해진 날에만 작업실에 올지 모른다. 그리고 때가 되면 나는 서서히 그녀를 이해시킬 수 있을지도 모른다.

결혼해서 그렇게 살아갈 수 있다면!

하지만 운명은 모든 남자를 손에 쥐고 흔든다.

아마 나를 아홉 번은 거절했을 것이다. 그녀는 줄곧 터무니없는 핑계와 이유로 내 마음을 밀어냈다. 내가 아직 자기를 잘 모른다고도 하고, 우리는 결코 잘 지낼 수 없을 거라고도 하고, 나는 프랑스 사람이고 자기는 미국 사람이라고도 했다. 내가 자기보다 그림을 더 좋아한다고도! 그 말에 나는 그녀를 잃느니 오르간 연주자나 은행원이 되겠다고 큰소리쳤다. 그러면 그녀는 되레 화가 난 얼굴로 또다시 나를 밀어냈다.

여자들은 참 유난스럽게도 일관성이 없다!

그녀는 나를 계속 밀어냈지만, 나는 줄기차게 다시 갔다.

그렇게 고통스러운 시간이 한 달쯤 지난 5월, 고즈넉한 황혼 녘에 그녀를 찾아갔을 때, 숙모는 보이지 않고 그녀 혼자 창가에 앉아 있었다.

그녀는 내가 보낸 꽃다발을 손에 들고 우두커니 꽃을 내려다보고 있었다. 강인하면서도 더없이 순수해 보이는 옆모습이 엷은 자줏빛 하늘을 배경으로 도드라졌다.

나는 조용히 들어가서, 벅차오르는 희망을 억누르며 넋을 잃고 그녀를 보았다. 그때 내가 보낸 바이올렛 사이로 진주 같은 눈물방울이 똑똑 떨어졌다.

그것으로 충분했다.

나는 대뜸 앞으로 다가가서 그녀 옆에 무릎을 꿇고, 그녀의 두 손을 잡아끌며 기쁨에 취해 소리쳤다.

"당신은 나를 사랑하고 있어요! 나도 그렇고. 아, 하느님! 내가 당신을 얼마나 사랑하는지 모를 거예요!"

그때조차도 그녀는 나를 밀어내려 했다. 내가 아직 자기를 잘 모른다고, 나한테 먼저 해야 할 말이 있다고 고집스럽게 말했다. 하지만 나는 그녀를 와락 끌어안고 키스로 그녀의 입을 막았다. 그리고 말했다.

"당신은 나를 사랑해. 그거면 돼요. 나도 당신을 사랑해요. 그 밖에 다른 게 무슨 문제가 되겠어요."

그러자 그녀가 하얀 두 손으로 내 어깨를 잡고, 내 눈을 지그시 바라보았다.

"나도 그렇게 생각해요. 에드워드, 당신하고 결혼하겠어요."

그러고는 내 어깨에 장밋빛으로 물든 얼굴을 묻었다. 우리는 마냥 그렇게 있었다.


2


그로부터 겨우 두 달이 지났고, 우리가 결혼한 지 2주가 되었다. 첫째 주는 천국이었다. 그리고 둘째 주는 지옥이었다! 오, 세상에! 내 아내가! 청순한 디아나인 줄 알았건만!

1주일을 어떻게 견뎠는지 모르겠다. 두려움에 흔들리는 나 자신이 경멸스러웠다. 의심하는 나 자신이 싫었다. 그런 사실을 알아챈 나 자신을 저주했다. 아, 그리고 그녀도, 내가 오늘 죽이려고 하는 그도 저주했다.

지금은 3시다. 4시까지는 그를 죽일 수 없다. 그때에야 그가 오니까.

여기 맞은편 방에 있는 나는 지금 아주 편하다. 아주 편하게 기다리고 생각하고 기억할 수 있다.

생각을 해 보자.

먼저, 그를 죽이는 일에 대해 생각해 보자. 그 일은 간단하고도 쉽게 해낼 수 있다.

그녀도 죽여야 할까?

그녀를 살려 둔다면, 내가 다시 그녀를 볼 수 있을까? 그 손을, 그 입술을 다시 만질 수 있을까? 어떻게 결혼한 지 겨우 2주 만에? 안 되겠다, 그녀도 죽여야겠다!

만일 산다고 해도, 점점 커지는 수치심 말고 그녀 앞에 뭐가 남겠는가. 그녀 스스로 죽음을 생각하게 되지 않을까?

그녀도 죽는 편이 낫다!

그러면 나는?

나는 그녀를 잊고 살아갈 수 있을까? 저 문 너머에서 일어난 추악한 일을 가슴에 묻고 살아갈 수 있을까? 자꾸만 고개를 드는 기억을 억누르면서 훌륭한 그림을 그릴 수 있을까? 혼자서?

절대로 그럴 수 없다! 나는 그녀를 잊을 수 없다!

그녀와 함께 죽는 게 낫다. 지금 당장이라도.

헉! 계단을 올라오는 발소리인가? 아직 아니다.

유산은 잘 물려받았다. 앙투안은 나보다 훌륭한 화가이고 훌륭한 남자다. 내가 받은 유산이 그의 손에 들어가면 그는 귀족처럼 잘 살 것이다.

그리고 가여운 조젯에게도 남겨 주어야지. 그들과 함께했던 때가 너무 오래전인 것 같고, 너무 희미하고 흐릿하다! 그래도 조젯은 나를 사랑했다. 나는 그렇게 믿는다. 적어도 1주일보다는 오랜 시간 동안 나를 사랑했다고.

기다리자. 4시까지!

생각하자. 아니, 생각은 이미 끝났다. 다 정리됐다!

그저께 그녀는 이 권총을 보고 감탄을 금치 못했다. 우리는 총알을 가득 장전하고 사격 연습을 했다. 총은 또 얼마나 잘 쏘던지! 그녀는 못하는 것이 없는 듯하다!

기다리자, 생각하자, 기억하자.

기억을 떠올려 보자.

나는 1주일 만에 그녀에 대해 알게 되었고, 한 달 동안 구애했다. 그리고 결혼한 지 2주가 되었다.

그녀는 줄기차게 내가 자기를 모른다고 했다. 틈만 나면 무언가 말하려고 했는데, 내가 번번이 막았다. 반농담조로 후회하는 듯한 기색을 내비치기도 했지만, 나는 그녀를 믿는 쪽을 택했다. 햇빛을 머금은 시냇물처럼 영롱한 맑은 갈색의 두 눈을! 그녀는 웃는 모습 또한 맑고 밝았다! 이제 그런 기억은 지워야 한다.

내가 오해하는 것은 아닐까? 아니, 확실하다! 허탈한 웃음만 난다.

당신이 남자라면, 뭐라고 하겠는가? 젊은 여자가 날마다 혼자서 몰래 집을 빠져나와 망토와 베일로 가린 채 은밀히 이곳으로 온다면, 그런 상황을 뭐라고 하겠는가? 보헤미안들이 우글대는, 뉴욕 화가들의 작업실이 모여 있는 이 건물로 말이다! 화가들? 나는 그들의 속성을 안다. 나도 화가니까.

그녀는 날마다 이 작업실에 오면서, 내게는 한마디도 하지 않는다.

나는 묻는다.

"여보, 낮에 뭐 하면서 시간을 보내?"

그녀가 대답한다.

"아, 이것저것 해요. 요즘은 미술을 공부하고 있어요. 당신을 기쁘게 해 주려고!"

실로 영악한 대답이었다. 자기를 지켜보는 눈이 있을지도 모른다는 점을 알았던 것이다.

"내가 가르쳐 줘도 되지 않을까?"라고 물으면, 그녀는 "같이 공부해 온 선생님이 있어요. 공부를 끝내고 당신을 놀라게 해 주고 싶어요!"라고 대답하면서 태연하게 나를 진정시킨다.

하지만 나는 눈여겨보고 뒤를 밟은 끝에 이 작은 방을 빌렸다. 그리고 때를 기다리고 있다.

미술 공부를 한다고? 쳇, 새빨간 거짓말! 당신 말고 그 방을 빌린 사람은 없어. 그리고 그 방으로 매일 그가 찾아오지.

발소리인가? 아직 아니다. 나는 지켜보며 기다린다. 여기는 프랑스가 아니라 미국이고, 이것은 내 아내에 관한 일이다. 아내를 믿고 싶지만 그 남자가 매일 이리 온다. 젊고 잘생긴 남자가, 악마처럼 잘생긴 남자가.

더는 참을 수가 없어서, 그 문으로 가서 노크를 한다. 아무 대답이 없다. 문을 열어 보려 하지만, 잠겨 있다. 나는 허리를 굽히고 열쇠 구멍으로 안을 들여다본다. 뭐가 보이냐고? 아,

세상에! 의자 위에 걸쳐진 그 남자의 모자와 망토, 그리고 높다란 가리개만 보인다. 가리개 뒤에서 나지막한 소리가 들려온다!

지난밤 나는 집에 들어가지 않았다. 오늘 여기서 이런 현장을 잡으려고!

발소리다. 맞다! 이제 조용히 기다리자. 그가 안으로 들어간 뒤, 그녀의 목소리가 들렸다.

"늦었네요, 기욤!"

그들에게 시간을 조금 주기로 하자.

이제, 조용히, 내가 간다, 친구들이여. 시간을 딱 맞춰서!


3


나는 소리 없이 좁은 통로를 지난다. 이번에는 문이 잠겨 있지 않다. 나는 불쑥 들어간다.

나의 젊은 아내가 소스라치게 놀라서 파리해진 얼굴로 떨며 서 있다. 아무 말도 못 하고.

잘생긴 기욤은 가리개 뒤에 있다. 내 손가락들이 방아쇠를 당기고, 날카로운 총성이 울린다. 기욤이 덜덜 떨며 울부짖고, 마리가 그와 나 사이로 달려든다.

"에드워드! 잠깐만요! 제발 잠깐만요! 그 총으로는 아무리 쏴도 소용없어요. 비어 있으니까. 내가 실탄을 다 빼냈어요. 당신이 의심하는 걸 알았거든요. 어쨌거나 당신이 내 깜짝 선물을 망쳤어요. 이제 말할 수밖에 없겠네요. 여보, 이곳은 내 작업실이에요. 당신이 가지고 있는 스케치를 완성한 그림이 여기 있잖아요. 내가 'M. 듀셰인'이에요. 메리 듀셰인 그린리프 카펜터. 그리고 이쪽은 모델이에요!"


4


우리는 파리의 공동 작업실에서 행복한 시간을 보내고 있다. 때로는 모델을 공유하면서. 도데 씨를 비웃으면서.

# 멸종된 천사

옛날에 이 행성에서 살아가는 한 부류의 천사들이 있었다. 그들은 인간 삶의 조화롭지 못한 모든 면에서 "만능 해결사" 역할을 했다.

거의 모든 집에 한 명씩 있을 만큼 이 천사들의 수는 많았다. 천사로서 지닌 미덕의 정도는 각기 달랐지만, 그들 모두 천사라는 데에는 이견이 없었다.

그런 존재를 가졌을 때의 좋은 점은 말로 다 표현할 수 없었다. 우선, 본디 천국에서 내려온 이 천사들 덕에 한낱 인간이 천국에 다가갈 수 있는 가능성이 크게 높아졌다. 이 천사들은 자신들을 소유한 사람에게 가장 위안이 되는 실제적 권리, 즉 다음 세상에 대한 일종의 선취 특권을 주었다.

그 이유야 말할 필요도 없지만, 이 천사들은 인간보다 훨씬 더 많은 덕을 지녔고, 품행이 단정해서, 그 소유인을 명예롭게 해 주었기 때문이다.

이렇듯 하늘나라로 가는 무료 티켓을 준다는 이점 말고도, 이 아래 세상에서 그들 덕분에 얻게 되는 이점은 헤아릴 수 없이 많았다. 이런 천사들 중 한 명이 집에 있으면, 생활이 전반적으로 수월해졌고, 그들이 없었다면 고되고 힘들었을 삶이 평화롭고 즐거워졌다.

이 천사들의 일은 달래 주고, 위로해 주고, 위안을 주고, 기쁨을 주는 것이었다. 소유인의 격한 감정이 아무리 통제되기 어렵다 해도, 심지어 때로는 그가 합법적인 한도 내에서 "엄지손가락 굵기만 한 막대기"로 때리는 일이 있다 해도, 천사는 좌우지간 울화통을 터뜨려서는 안 되었다. 아무리 울화통이 터져도 자기희생으로 대신해야 했다. 사실 자기희생이라는 말이 천사와 하나가 되는 경우는 자주 있었다.

인간은 매일 일을 하러 나갔고, 그 나름의 방식으로 스스로를 위로했다. 그는 지친 몸으로 집에 돌아와서는 화를 내기 일쑤였다. 그럴 때 천사가 할 일은 그를 위해 미소를 짓는 것이었다. 시종일관 부드럽고 아름다운 미소를.

불행히도 유한한 인간을 웃음 띤 얼굴로 위로하는 숭고한 임무 외에도, 천사는 부엌일도 하고, 청소도 하고, 바느질도 하고, 아이들도 보살피고, 그 밖의 일상적인 일들을 해야 했다. 게다가 이 모든 일을 할 때 천사의 미덕을 조금도 잃어서는 안 되었다.

그런데 천사의 미덕에는 이상하게도 앞뒤가 안 맞는 면이 있었다.

천사의 미덕은 본디 그러했다. 그런데 인간은 뻔뻔하게도 그런 점을 미덕이라고 하지 않으려 했다. 인간에게서는 그런 미덕을 기대할 수 없다는 사실을, 그의 세속적 본성을 모두 합쳐도 천사의 미덕에는 미칠 수 없다는 것을 인간도 인정했다. 하지만 그럼에도 불구하고, 그는 천사의 덕목을 끊임없이 감시했고, 천사들이 어떻게 처신해야 하는지 충고하는 책들을 써 댔으며, 천사들이 인간의 뜻에 복종하지 않고 인간의 판단에 따르지 않으면 천사로서 지녀야 할 덕목을 모두 잃게 되리라고 공공연히 떠들어 댔다.

오늘날 사람들에게는 그런 과거 상황이 이상해 보이겠지만, 그때는 당연한 것으로 여겨졌다. 천사들(가슴속까지 순종적이고 참을성 있는 천사들에게 신의 축복이 있기를!)은 그런 것에 이의를 제기할 생각을 결코 하지 못했다.

천사가 천사답지 않게 행동하면, 인간이 노발대발하며 그 천상의 존재를 벌했으리라는 것을 얼마든지 짐작할 수 있다. 인간이 되기보다 천사가 되는 편이 훨씬 쉬웠다. 그래서 천사가 천사답지 못한 경우에는 변명의 여지가 없었다. 그녀 자신의 천사다운 따뜻하고 다정한 마음으로도 용납할 수 없었다.

이해하기 어렵겠지만, 천사가 인간 위로 쓰러지거나 인간과 함께 쓰러지거나, 혹은 인간에게 쓰러지면, 어떻게 표현을 하든 간에, 그 인간은 쓰러진 천사를 누구보다 가혹하게 비난했다. 그는 결코 천사를 일으켜 주지 않았다. 그녀를 내버려 둔 채 다시 제 갈 길을 갔다. 그녀는 밟고 지나가기 편한 디딤돌일 뿐이었다. 그뿐인가, 인간은 다른 천사들이 물들지 않고 계속 깨끗함을 유지할 수 있도록 엄격히 관리했다.

정말이지 이해하기 힘든 일이다. 그러니 너무 자세히 파고들지 않는 편이 낫겠다.

이 눈부신 영혼의 천사들에게는 놀라울 만큼 혹독하면서도 모멸적인 육체노동이 요구되었다. 예외 없이 다 지저분한 일이었지만, 그녀의 품위를 바닥으로 떨어뜨리는 종류의 일도 있었다. 그래도 그녀가 가장 먼저, 무슨 일이 있어도 다해야 하는 의무 중 하나는 천사의 옷을 티끌 하나 없이 깨끗하게 유지하는 것이었다.

인간은 하늘하늘 늘어진 천사의 옷자락을 보면서 기쁨을 얻었다. 쉴 새 없는 천사들의 몸놀림을 보며 그는 온갖 달콤하고 아름다운 생각과 기억을 떠올렸다. 또한 인간은 앞에서 말한 천사의 미덕이 대체로 하늘하늘 늘어진 옷자락에 깃들어 있다고 생각했다. 그러므로 천사의 옷은 하늘거려야 했고, 일에 지친 그녀의 팔다리를 휘감은 낙낙한 옷자락은 집 안의 가구나 계단을 스치며 나풀거려야 했다. 안타깝게도 이 천사들은 날개가 없었기 때문에, 일을 하려면 계단을 수없이 오르내려야 했다.

천사들의 일이 주로 먼지를 없애는 것일진대, 그들에게 그런 옷을 요구했다는 점 또한 참으로 이해하기 힘든 일이다. 뭐, 개화된 요즘 시대에는 이상한 일로 보이겠지만, 실제로 천사들은 온갖 자질구레한 일을 하면서 인간의 시중을 들었고, 인간이 질색하며 무시하는 일들을 자신들의 당연한 의무로 알고 했다.

우리라면 그럴 수 없을 듯하지만, 천사들은 묵묵히 받아들였다. 이 천사들은 정말 천사였고, 그런 일이 천사의 일이었다. 그러니 무엇을 더 바라겠는가?

지금 우리가 이야기하는 대상에 관해 다소 의심스러워 보이는 점이 하나 있다. 소리 죽여 말하자면, 이 천사들이 그다지 똑똑하지는 못했다는 사실이다!

인간은 똑똑한 천사들을 좋아하지 않았다. 똑똑하면 그들의 빛이 희미해지고, 그들의 미덕이 흐려지는 것 같았다. 천사들이 사리 분별을 잘한다는 것은 더더욱 용납할 수 없는 일이었다. 그러므로 인간은 갖은 수를 써서 천사들이 어떠한 지혜든 인간의 지혜를 익히지 못하게 막으려 했다.

그러나 뜻하지 않게 천사와 인간의 결혼은 거듭되었고, 그 결과 천사들이 차츰 지식이라는 금단의 열매를 갈망하게 되었으며, 그것을 찾아내 먹었다.

그러면 그날 천사는 어김없이 죽음을 맞았다.

이 천사들은 이제 남아 있지 않다. 아주 외진 곳에, 천사의 목숨을 앗아 가는 금단의 열매를 손에 넣을 수 없는 몇몇 외딴곳에 아직 천사들이 남아 있다는 말이 돌기도 하지만, 한 종족으로서 이 천사들은 멸종했다.

가여운 도도새들!

# 누런 벽지

존과 나처럼 평범하기 이를 데 없는 사람들이 여름을 보내기 위해 대대로 내려온 저택을 얻는 일은 매우 드물다.

내가 보기에는 유령이 나오는 집 같은데, 식민지 시대 저택이다, 세습 소유지다 하면서 낭만적 행복에 푹 빠질 수도 있겠다 싶다. 하지만 그것은 운명의 힘을 지나치게 요구하는 일이리라!

그렇다 해도 나는 이 저택에 뭔가 괴기한 분위기가 감돈다고 자신 있게 말할 수 있다.

아니라면 왜 이런 헐값에 세를 놓았겠는가? 또 왜 그렇게 오래도록 비어 있었겠는가?

물론 존은 내 말을 웃어넘기지만 결혼을 하고 나면 으레 그런 것이다.

존은 지극히 현실적이다. 신앙을 못 견뎌 하고 미신이라면 질색을 한다. 손으로 만질 수 없고 눈으로 볼 수 없으며 숫자로 나타낼 수 없는 것에 대해 이야기하면 대놓고 비웃는다.

존은 의사다. **어쩌면** ─ 물론 사람을 마주하고는 이런 말을 하지 않겠지만, 이것은 생명이 없는 종이이니 마음 놓고 속내를 털어놓자면 ── 어쩌면 그래서 내가 빨리 낫지 않는 것 같기도 하다.

남편은 내가 아프지 않다고 생각한다!

그러니 무엇을 어쩔 수 있겠는가?

평판 높은 의사인 남편이 친구들이나 친척들에게, 내 아내는 일시적인 신경 쇠약으로 약간의 히스테리 증세가 있을 뿐 아무 문제 없다고 딱 잘라 말하는데, 달리 어쩌겠는가?

내 오빠 또한 명망 높은 의사인데 똑같이 말한다.

그래서 나는 인산염이라나 아인산염이라나 하는 신경 쇠약 치료제와 강장제를 복용하고, 여행을 하고, 맑은 공기를 쐬고, 운동을 한다. 다시 건강해질 때까지 '일'은 절대 금물이다.

내 의견을 밝히자면, 나는 그들과 생각이 다르다.

내 생각으로는, 좋아하는 일을 즐겁게 하면서 변화를 꾀하는 편이 나한테 좋을 것 같다.

그렇지만 내가 무엇을 할 수 있겠는가?

나는 남편과 오빠의 반대를 무릅쓰고 한동안 글을 썼다. 하지만 여간 진이 빠지는 게 아니다. 들통나서 심한 반발에 부딪히지 않으려면 몰래 써야 하니 힘들 수밖에.

때로 내가 반대에 덜 부딪히고, 사람들과 좀 더 자주 어울리며 자극을 받는다면, 내 상태가 어떻게 변할까 하는 생각이 든다. 하지만 존은 내가 할 수 있는 최악의 일이란 바로 내 상태에 대해 생각하는 것이라고 한다. 고백하자면, 그 생각을 하면 늘 기분이 안 좋아진다.

그래서 그 생각은 접어 두고 집 이야기나 할까 한다.

이 집은 더없이 아름답다! 마을에서 5킬로미터쯤 떨어져 있고, 도로와도 한참 거리가 있는 곳에 호젓이 자리한 데다, 생울타리와 담장, 잠금 장치가 달린 문, 정원사들과 일하는 사람들을 위한 아담한 별채들이 있어, 책에서 읽은 영국 저택을 떠올리게 하는 집이다.

멋진 정원도 있다! 이렇게 넓고 그늘이 많은 정원은 일찍이 본 적이 없다. 회양목 사이로 오솔길이 이리저리 뻗어 있고, 길게 늘어선 포도나무 덩굴 아래로 그늘진 산책로가 이어져 있을뿐더러, 그 아래에는 앉아 쉴 수 있는 의자들도 있다.

온실도 있었지만 지금은 모두 망가졌다.

상속인, 공동 상속인과 관련된 법적 분쟁이 있었던 모양이다. 여하튼 이 저택은 수년간 비어 있었다.

그런 사정을 사실로 받아들이면, 유령이 나와서 집이 오래 비어 있었던 게 아닐까 하는 생각은 접어야겠지만 상관없다. 이 집에 으스스한 분위기가 감도는 것을 나는 느낄 수 있다.

어느 달 밝은 밤에 존에게 그 말을 하기도 했지만 그는 외풍 때문이라며 창문을 닫았다.

가끔 이유 없이 존에게 화가 난다. 결단코 예전에는 이렇게 예민하지 않았는데, 아무래도 신경 쇠약 때문인가 보다.

하지만 존은 내가 그렇게 생각하면 적당한 자기 통제를 소홀히 하게 되리라고 해서, 존 앞에서만이라도 애써 나 자신을 통제하려고 하는데, 그러려니 꽤 피곤하다.

나는 우리가 쓰는 방이 영 마음에 들지 않는다. 베란다로 통하고, 창문 위로 장미꽃이 흐드러지게 피어 있고, 아주 예쁘고 예스러운 사라사 무명 커튼이 드리워진 아래층 방이 나는 마음에 들었다. 하지만 존이 내 말을 들어주지 않았다.

그 방은 창문이 하나뿐인 데다 침대 두 개를 들여놓을 만큼 넓지 않다면서. 그리고 그가 다른 방을 쓴다 해도, 가까이에 쓸 만한 방이 없다면서.

세심하고 다정한 그는 특별한 지시가 없으면 나한테 손가락 하나 까딱하지 말라고 한다.

나는 매일 매 시간 정해진 처방을 따른다. 존은 정말이지 나를 살뜰히 보살핀다. 그래서 그런 배려를 좀 더 중요시하지 않으면, 나는 은혜도 모르는 몰염치한 사람이 된 것 같은 기분이 든다.

존은 오로지 나를 위해 이곳에 왔다면서, 절대적으로 안정을 취하고, 되도록 바깥바람을 자주 쐬라고 말했다.

"여보, 운동은 체력이 뒷받침되어야 하고, 먹는 것은 어느 정도 식욕에 좌우되지만, 신선한 공기는 언제든 마실 수 있잖아."

그래서 우리는 결국 꼭대기 층에 있는 육아실을 쓰기로 했다.

꼭대기 층을 거의 다 차지하는 육아실은 바람이 잘 통하는 널찍한 방으로, 사방이 내다보이는 창문들이 있어서 바깥바람도 햇빛도 충분히 들어온다. 어린아이들을 위해 창문마다 창살이 덧대어져 있고, 벽에 고리 같은 것들이 달려 있는 모습을 보면 처음에는 육아실로 쓰이다가 나중에 놀이방 겸 운동방으로 바뀌지 않았을까 한다.

페인트 색과 벽지를 보면, 남자아이들이 같이 썼던 방 같다. 침대 머리맡을 빙 둘러서 내 손이 닿는 부분까지 벽지가 군데군데 찢겨 있고, 맞은편 벽 아래쪽에도 꽤 넓다랗게 벗겨졌다. 살면서 이렇게 보기 흉한 벽지는 본 적이 없다.

미적인 면은 전혀 신경 쓰지 않은 벽지의 현란한 무늬들이 제멋대로 뻗어 있다.

무늬를 따라가다 보면 구분이 안 될 만큼 단조로운 면도 있고, 한편으로는 계속 신경에 거슬려 눈여겨보게 될 만큼 두드러진 면도 있다. 좀 떨어져서 보면 부자연스럽고 불안정한 곡선들이 갑자기 터무니없는 각도로 거꾸러지고, 당치 않게 어긋나 무너져 내리면서 어느새 사라져 버린다.

벽지의 색깔 또한 역겨울 만큼 눈에 거슬린다. 햇빛이 들어오는 방향이 서서히 바뀌는 탓에 묘하게 색이 바래서 그을린 듯 지저분한 누런색이다.

우중충하면서도 요란한 주황색으로 보이는 부분도 있고, 보기 싫은 레몬색을 띠는 부분도 있다.

아이들은 당연히 이 벽지를 싫어했을 것이다! 이 방에서 오래 지내야 한다면, 나 또한 싫어하게 될 터다.

존이 온다. 종이와 펜을 치워야겠다. 내가 한 글자라도 쓰는 걸 알면 좋아할 리 없으니까.

\*

이곳에 온 지 2주가 지났는데, 첫날 이후로는 글을 쓰고 싶은 마음이 들지 않았다.

나는 지금 꼭대기 층에 있는 끔찍한 육아실 창가에 앉아 있다. 힘이 좀 부치기는 하지만 내가 마음껏 글을 쓰는 데 방해가 될 만한 일은 아무것도 없다.

존은 하루 종일 집을 비운다. 심각한 환자가 있을 때는 밤에도 집에 들어오지 않는다.

내 증상이 심각하지 않아서 다행이다!

하지만 신경과민 탓에 지독하게 기분이 우울하다.

존은 내가 얼마나 힘들어하는지 모른다. 그는 내가 힘들어할 이유가 전혀 없다고 알고 있고, 그런 사실에 만족스러워한다.

물론 단지 신경과민일 뿐이지만, 그것에 짓눌려 내가 할 일을 전혀 할 수가 없다!

나는 존에게 도움이 되고 싶었다. 진정한 휴식과 위안을 주고 싶었다. 그런데 벌써 적잖은 짐이 되고 있다!

내가 하는 것이라고는 고작 해야 옷을 차려입고, 손님을 접대하고, 소지품을 정리하는 하찮은 일뿐이지만, 그마저도 힘에 부친다는 사실을 아무도 믿지 못할 것이다.

메리가 아기를 잘 돌봐 줘서 다행이다. 너무나도 소중한 우리 아기!

그렇지만 나는 아기 곁에 있을 수 없다. 아기 옆에 있으면 신경이 너무 곤두서는 탓이다.

존은 지금껏 신경이 과민해졌던 적이 한 번도 없는 사람 같다. 이 방의 벽지에 대해서 이야기하면 코웃음만 친다!

처음에 존은 이 방을 새로 도배하려고 했다. 하지만 나중에는 나 혼자 스스로 벽지에 사로잡혀 전전긍긍한다면서, 신경증 환자가 그런 공상에 빠지는 것보다 더 나쁜 일은 없다고 했다.

그리고 벽지를 바꾸고 나면 육중한 침대가 이상해 보일 테고, 그다음에는 창살을 덧댄 창문도, 계단참 위에 있는 문도, 또 다른 것들도 계속 이상해 보이리라고 말했다.

"이곳이 당신 건강에 좋은 거 알잖아. 그리고 솔직히 석 달만 빌린 집을 수리까지 하고 싶은 마음은 없어."

"그럼 아래층에 내려가서 지내요. 거기 깔끔한 방들이 있 잖아요."

존은 두 팔로 나를 끌어안고는 철부지 어린애처럼 군다면 서, 내가 원한다면 지하실로도 옮길 수 있고, 벽도 하얗게 칠 해 줄 수 있다고 말했다.

침대나 창문 같은 것들에 대해서는 존의 말이 맞는 것 같다.

이 방은 누구에게라도 좋을 만큼 통풍이 잘되고 편리하 다. 그리고 물론 나도 그저 일시적인 기분으로 남편을 불편하 게 할 만큼 분별없는 사람이 되고 싶지는 않다.

사실 진저리 나는 벽지만 아니라면, 나도 널찍한 이 방이 점점 마음에 든다.

창밖으로 정원과 신비로울 만큼 짙게 드리워진 나무 그 늘, 예스러운 분위기를 더하는 다채로운 색의 꽃들, 관목과 옹 이가 박힌 멋들어진 나무들을 내려다볼 수 있으니까.

다른 창 너머로는 이 저택에 딸린 작은 부두와 바다의 아 름다운 전망이 펼쳐져 있다. 저택에서 부두에 이르는, 푸르른 나무 사이로 난 운치 있는 오솔길도 보인다. 창밖을 볼 때면 언제나 이리저리로 뻗어 있는 길과 나무 그늘 사이를 거니는 상상을 하게 된다. 하지만 존은 내게 잠시라도 공상에 빠지지 않도록 주의하라고 했다. 나처럼 신경이 과민한 사람이 상상 에 빠져 이야기 만들어 내기를 즐기면 온갖 허황된 생각에 빠 져든다며, 굳은 의지와 의식으로 그렇게 되지 않도록 해야 한 다고 했다. 그래서 나는 그러려고 애쓰는 중이다.

이따금 만일 내가 글을 쓸 수 있을 만큼만 건강하다면, 밀 려드는 여러 생각을 풀어낼 수 있고, 그러면 편해지지 않을까 하는 생각이 든다.

하지만 글을 쓰려고 하면 몹시도 피곤해진다.

내 일에 대해 이야기를 나눌 사람도 없고 아무런 조언도 들을 수 없다는 사실은 정말 맥이 빠지는 일이다. 존은 내가 건강해지기만 하면 며칠 함께 지낼 수 있도록 사촌인 헨리와 줄리아를 초대할 생각이란다. 하지만 지금 그런 자극적인 사람들을 불러들이는 일은 내 베개 속에 폭죽을 넣어 두는 것과 같단다.

얼른 건강해졌으면 좋겠다.

하지만 그런 생각도 해서는 안 된다. 이 벽지는 마치 자신이 나한테 얼마나 악의적인 영향을 미치는지 알고 있는 것 같다!

벽지에 반복되는 무늬가 있는데, 마치 부러져 축 늘어진 목 같고 둥글납작해진 두 눈이 거꾸로 쳐다보는 것 같다.

그런 뻔뻔한 무늬가 계속 반복되는 것을 보면 정말 화가 치민다. 그런 무늬가 위아래로, 옆으로 기어 다닌다. 터무니없는 깜빡이지도 않는 눈들이 벽지 곳곳에 있다. 벽지를 이어 붙인 부분에 양쪽의 무늬가 딱 맞지 않는 곳이 한 군데 있는데, 한쪽 눈이 다른 쪽 눈보다 높은 상태로 이음 선을 따라 오르락내리락하는 모습이다.

생명 없는 벽지에 이토록 많은 표정이 있을 줄이야! 생명 없는 것들이 얼마나 많은 표정을 갖고 있는지 모두 알 것이다. 어렸을 때 나는 잠이 깨고 나서도 그대로 누워 아무 장식 없는 벽의 벽지와 가구를 보곤 했는데, 그러면 재미있기도 하고 무서운 느낌이 들기도 했다. 그럴 때 느끼는 재미와 공포는 아이들이 장난감 가게에서 느끼는 짜릿함보다 더 강렬했다.

오래된 큰 옷장의 손잡이들이 친근하게 눈을 찡긋댔던 기억도 나고, 언제나 힘센 친구 같던 의자도 하나 있었다.

다른 것들이 너무 무섭게 보일 때, 그 의자에 폴짝 뛰어오르면 안전할 것 같은 생각이 들었다.

하지만 이 방에 있는 가구들은 모두 아래층에서 가져온 것들이라 그야말로 오합지졸이다. 놀이방으로 쓰게 되면서 육아실 물품들을 다 치워야 했을 테니, 가구가 없는 것은 놀랄 일도 아니다. 아무튼 아이들이 얼마나 휘젓고 다녔는지 이런 쑥대밭은 정말 처음 본다.

앞에서 말했듯이 벽지는 군데군데 찢겨 너덜너덜하고, 형제보다 더 찰싹 붙어 있다. 아이들은 벽지를 싫어하는 데 그치지 않고, 끈덕지게 떼어 내려 했던 게 분명하다.

그리고 바닥도 긁히고 파이고 갈라져 있다. 회반죽 자체가 여기저기 파여 있다. 이 방에 남아 있던 유일한 가구인 육중한 침대도 마치 전쟁을 치른 듯한 모양새다.

하지만 벽지만 빼고 내 신경을 건드리는 것은 없다.

존의 누이가 온다. 시누이는 아주 살갑고, 나를 아주 세심하게 챙긴다. 내가 글 쓰는 걸 시누이가 알게 해서는 안 된다.

시누이는 집안일에 열성인, 나무랄 데 없는 살림꾼으로 더 나은 전문 직업을 바라지 않는다. 내가 보기에 시누이는 글 쓰는 일이 나를 병들게 한다고 생각하는 것 같다.

하지만 시누이가 나가면, 그녀가 창밖으로 멀어져 가는 모습이 보이면 글을 쓸 수 있다.

한 창문으로는 우거진 나무 그늘 아래로 굽이진 운치 있는 길이 내려다보이고, 다른 창문으로는 멀찍이 펼쳐진 시골 풍경이 내다보인다. 우람한 느릅나무와 초록 벨벳 같은 풀밭이 펼쳐진 아름다운 풍경이다.

이 벽지에는 색조가 다른 속무늬 같은 게 있는데, 어떤 빛에는 보였다가 어떤 빛에는 흐릿하게 자취를 감춰서 정말 짜증이 난다.

벽지의 색이 바래지 않은 부분에 햇빛이 비칠 때면, 눈에 잘 띄는 겉무늬 뒤로, 일정한 형태가 없어서 보다 보면 부아가 나는 이상야릇한 속무늬가 슬금슬금 돌아다니는 것 같다.

시누이가 계단을 올라오고 있다!

*

아, 독립 기념일이 끝났다! 사람들이 모두 떠난 뒤 나는 완전히 녹초가 됐다. 존은 사람을 좀 만나는 일이 나한테 좋을 것 같다고 생각했고, 우리는 어머니와 넬리, 넬리의 아이들을 초대해서 1주일 동안 같이 지냈다.

물론 나는 집안일을 전혀 하지 않았다. 지금은 모든 일을 제니가 맡아 한다.

그런데도 피곤했다.

존은 내가 얼른 기운을 차리지 못하면 가을에 나를 위어 미첼[7]에게 보내 주겠단다.

하지만 나는 그 의사한테 가고 싶은 마음이 전혀 없다. 그 의사에게 치료받은 적 있는 친구로부터, 그 의사는 존이나 내 오빠와 다를 게 없다는 말을, 아니 더하다는 말을 들었다!

---

7    사일러스 위어 미첼(Silas Weir Mitchell, 1829~1914): 신경 쇠약 증세를 휴식 요법(rest cure)으로 치료하기 시작한 미국의 의사. 1887년 봄, 스물일곱 살의 길먼을 치료했다. 환자의 모든 활동을 금지하는 이 치료를 받으면서 길먼은 거의 정신 이상이 될 뻔했다.

게다가 그렇게 멀리 가는 것도 쉽지 않은 일이다.

모든 일이 손 하나 까딱할 가치가 없는 것처럼 느껴진다. 괜히 조바심이 나고 짜증이 난다.

요즘 나는 아무것도 아닌 일에 눈물을 흘린다. 하루를 거의 울면서 보낸다.

물론 존이나 다른 사람이 있을 때는 그러지 않지만, 혼자 있을 때면 걸핏하면 운다.

요즘은 꽤 많은 시간을 혼자 보낸다. 존은 심각한 환자들 때문에 읍내에 나가는 일이 잦고, 착한 제니는 내 부탁을 거절하지 못하고 나를 혼자 있게 해 준다.

그래서 나는 정원을 거닐거나 운치 있는 길을 따라 산책도 하고, 장미 넝쿨이 드리워진 현관에 앉아 있기도 하고, 이 방으로 올라와 한참 동안 누워 있기도 한다.

벽지가 보기 흉하긴 하지만 이 방이 점점 좋아진다. 어쩌면 벽지 때문에 그런지도 모르겠다.

머릿속에서 벽지 생각이 떠나지 않는다!

못을 박아 고정했는지 꿈쩍도 않는 큰 침대에 누워 몇 시간째 벽지 무늬를 눈으로 쫓고 있는데, 나는 이러는 것이 체조만큼이나 좋다고 생각한다. 누구의 손도 닿은 적 없는 모서리 맨 밑바닥에서 시작해, 무슨 의미인지 알 수 없는 저 무늬 끝까지 따라가 보겠다고 천 번째 마음을 다잡고 있다.

나는 디자인 원칙을 어느 정도 안다. 그래서 이 무늬는 방사, 교차 반복, 동일 반복, 대칭 혹은 내가 들어 본 어떤 원칙도 따르지 않았다는 점을 안다.

물론 일정한 너비마다 무늬가 반복되지만, 그 외의 반복은 없다.

한쪽에서 보면 각 폭의 벽지는 홀로 서 있다. '수준 낮은 로마네스크 양식'의 부풀어 오른 곡선과 장식이, 알코올 중독자가 술을 끊은 뒤 금단 현상을 겪는 것처럼 우둔하게 홀로 서 있는 기둥들을 비틀비틀 오르내린다.

하지만 다른 한편으로는 무늬들이 대각선으로 연결되어 있고, 제멋대로 퍼져 나간 선들이 아찔하게 기운 파도 속에서 흔들거리며 질주하는 해초들처럼 줄달음질하는 모양이다.

가로로도 모든 무늬가 이어진다. 하여간 그렇게 보인다. 그래서 수평으로 무늬가 이어지는 순서를 알아보려다 지쳐 나가떨어지기 일쑤다.

가로로 장식 띠를 붙인 탓에 무늬는 더더욱 혼란스럽다.

방 한쪽 끝에 벽지가 거의 온전히 남아 있는 곳이 있는데, 교차 광선이 희미해지고 석양빛이 직접 그곳에 닿으면, 방사형 무늬가 아른아른 떠오르는 광경을 상상할 수 있다. 끝없이 계속되는 기괴한 무늬들이 중심 주변으로 생겨나는 듯 보이다가 사방으로 산만하게 거꾸로 쏟아져 내리는 것 같다.

무늬를 따라다니다 보니 진이 빠진다. 낮잠을 좀 자야겠다.

\*

내가 왜 이런 글을 써야 하는지 모르겠다.

쓰고 싶지 않다.

쓸 수 있을 것 같지도 않다.

존은 이러는 걸 어처구니없다고 생각하겠지. 나도 안다. 그래도 어떻게든 내가 느끼고 생각하는 걸 표현해야 한다. 그러면 위안이 되니까!

하지만 글을 써서 위안을 얻기보다는 글을 쓰기 위해 점점 더 애만 많이 쓰고 있다.

이제 나는 대부분의 시간을 지독히도 게으르게 보낸다. 걸핏하면 드러눕는다.

존은 내게 기운을 잃으면 안 된다고 하면서, 대구 간유와 이런저런 강장제를 먹게끔 한다. 맥주와 와인, 살짝 익힌 고기는 말할 것도 없다.

다정한 존! 나를 끔찍이 사랑하는 존은 내가 병이 날까 봐 노심초사한다. 요전 날 나는 존하고 솔직하게 이성적으로 대화를 나눠 볼 요량으로, 사촌인 헨리와 줄리아를 만나러 가고 싶으니 부디 보내 줬으면 좋겠다고 말했다.

하지만 그는 내가 그 사촌들에게 갈 수도 없을뿐더러, 거기 가서 버티지도 못하리라고 대답했다. 나는 할 말도 다 못하고 울음을 터뜨렸고, 그 바람에 내 뜻은 밝히지도 못하고 말았다.

논리적으로 생각하는 일이 갈수록 힘들어진다. 이놈의 신경 쇠약 때문인 듯싶다.

다정한 존은 나를 번쩍 안아 올려 위층으로 데려가서 침대에 눕혔다. 그러고는 옆에 앉아 내 머리가 지끈지끈해질 때까지 책을 읽어 주었다.

존은 내가 자기에게 위안을 주는 사람이고 자신이 사랑하는 사람이고 자신의 전부라면서, 자기를 위해서라도 나 자신을 잘 챙기고 건강해야 한다고 했다.

그는 다른 누구가 아니라 나 자신만이 나를 신경 쇠약에서 벗어나도록 할 수 있다고, 내가 의지를 갖고 자제력을 발휘해서 어리석은 공상에 빠지지 않아야 한다고 말한다.

아기가 건강하게 잘 지내고, 흉물스러운 벽지가 덕지덕지 붙어 있는 이 방에 와 있지 않아도 된다는 데 그나마 마음이 놓인다.

우리가 이 방을 쓰지 않았다면, 저 사랑스러운 아기가 써야 했을 것이다! 그런 일은 면했으니 천만다행이다! 무슨 일이 있어도 내 아기가, 주위 환경에 민감한 어린것이 이런 방에서 지내지 않게 하리라.

전에는 미처 생각하지 못했지만, 어쨌거나 존이 나한테 이 방을 쓰라고 한 것이 다행이라는 생각이 든다. 아기보다는 내가 이 방을 훨씬 더 수월하게 견딜 수 있을 테니까.

물론 이제 다른 사람들 앞에서 벽지 얘기는 하지 않는다. 나도 그 정도 분별은 있다. 그래도 계속 눈여겨보고는 있다.

나 말고는 아무도 모르는, 앞으로도 결코 모를 것들이 저 벽지 안에 있다.

바깥 무늬 뒤에서 어렴풋한 형체들이 날마다 뚜렷해지고 있다.

언제나 같은 모양이지만 그 수가 굉장히 많아졌다.

마치 한 여자가 몸을 숙이고 겉무늬 뒤에서 살금살금 기어 다니는 것 같다. 정말 꺼림칙하다. 과연 그럴지 모르지만, 존이 나를 여기서 데리고 나가 주면 좋겠다는 생각이 들기 시작한다!

*

너무 신중하고, 또 나를 너무 사랑하는 존과 내 상태에 대해 이야기를 나누기는 보통 어려운 일이 아니다.

하지만 나는 지난밤에 이야기를 나눠 보려고 했다.

햇빛이 그러듯 달빛이 세상을 환히 비추는 밤이었다.

이따금 나는 그런 달빛이 싫다. 천천히 슬금슬금 움직이며, 이 창문 저 창문으로 쏟아져 들어오는 것이.

존은 잠이 들어 있었고, 나는 그를 깨우고 싶지 않았다. 그래서 꼼짝 않고 누워 물결무늬 벽지 위에 달빛이 비치는 광경을 지켜보았다. 그러다 보니 으스스한 느낌이 들었다.

벽지 뒷면의 희미한 형체가 빠져나오고 싶은 듯 무늬를 흔들어 대는 것처럼 보였다.

나는 살그머니 일어나서 벽지가 정말 움직였는지 눈으로 보고 만져 보러 갔다. 그러고 나서 침대로 돌아왔는데, 존이 깨어 있었다.

"여보, 무슨 일이야? 그렇게 돌아다니면 안 돼. 감기 걸린다고."

나는 남편과 이야기할 좋은 기회라고 생각했고, 그래서 실은 여기 와서 조금도 나아지지 않았으니, 이제 그만 나를 데리고 떠나 달라고 말했다.

존이 말했다.

"아, 여보! 앞으로 3주는 더 있어야 임대 기간이 끝나. 그전에 어떻게 떠나자는 거야.

집수리도 아직 안 끝났고, 내 형편도 당장은 여길 떠날 수 없어. 물론 당신이 위험한 상태라면 당장 떠날 수 있지. 떠나고말고. 하지만 여보, 당신은 정말 좋아졌어. 당신은 모를 수도 있지만, 난 의사라서 알 수 있어. 당신이 살도 붙고 혈색도 좋아졌다는 걸. 식욕도 더 좋아졌잖아. 그래서 요즘 당신 걱정이 한결 줄었는데."

"살이 붙긴요. 그 전만큼도 안 나가요. 식욕도 저녁에 당신이 집에 있을 때는 더 좋아진 듯 보일지 몰라도, 아침에 당신이 나가고 나면 입맛이 싹 달아나요."

그가 나를 끌어안으며 말했다. "이런, 겁쟁이 같으니라고! 당신 병은 마음먹기에 따라 달라질 수 있어! 여하튼 지금은 내일을 위해 자 둬야 할 시간이니 아침에 얘기합시다!"

"그러니까 떠나지 않겠다고요?" 나는 어두운 표정으로 물었다.

"아니, 어떻게 떠나자는 거야. 3주만 더 지내자고. 그런 다음에 제니가 집 정리를 하는 동안 며칠 즐겁게 여행을 다녀오자. 당신은 정말 좋아졌다니까."

"몸은 좋아졌을지 모르지만……." 나는 반박하려다 말을 끊었다. 존이 똑바로 일어나 앉아서는 나무라는 듯 단호한 표정으로 쳐다봐서 더는 한마디도 할 수 없었다.

그가 말했다.

"여보, 부탁할게. 당신을 위해서는 말할 것도 없고 우리 아이를 위해 한순간이라도 그런 생각은 하지 마! 당신처럼 신경이 예민한 사람한테 그보다 더 위험한 일은 없어. 그렇게 혹하기 쉬운 것도 없고. 그건 얼토당토않은 잘못된 억측일 뿐이야. 의사인 내가 하는 말을 못 믿는 거야?"

그래서 나는 더 이상 아무 말도 하지 못했고, 우리는 곧 잠자리에 들었다. 존은 내가 먼저 잠들었다고 생각했겠지만 그렇지 않았다. 나는 몇 시간 동안 꼼짝 않고 누워서 겉무늬와 속무늬가 같이 움직이는지 따로 움직이는지 알아내려고 애썼다.

*

낮에는 무늬에 일정한 순서도 규칙도 없는데, 그런 점이 끊임없이 내 마음을 흔들어 댄다.

색깔도 애매모호한 데다 신경에 거슬리고 짜증 나지만, 무늬는 가히 고문과도 같다.

어떤 형태인지 파악했다고 생각하면서 계속 무늬를 따라가는 순간, 무늬는 뒤로 재주라도 넘은 듯 어느새 제자리로 돌아가 있다. 무늬가 내 뺨을 때리고, 나를 때려눕히고, 밟아 뭉개는 것 같다. 악몽처럼.

벽지의 겉무늬는 버섯을 떠오르게 하는 현란한 아라베스크다. 무수히 많은 균사들이 계속 생겨나 싹이 트고 자라고, 그러면서 끝없이 복잡한 모양으로 번져 나가는 독버섯을 상상할 수 있다면, 어떤 모습인지 짐작이 될 것이다.

때로는 딱 독버섯 같은 모양이다.

이곳 벽지에는 눈에 띄게 특이한 점이 하나 있는데, 나 말고는 아무도 눈치채지 못한 것 같다. 바로 빛에 따라 무늬가 변한다는 점이다.

방 안 깊숙이 햇살이 들어올 때마다 눈여겨보는데, 동쪽으로 난 창문을 통해 햇살이 쏟아져 들어오면, 무늬가 믿을 수 없을 만큼 빨리 변한다.

내가 벽지를 유심히 보는 이유가 바로 그 때문이다.

달이 뜨면 밤새도록 달빛이 방을 비추는데, 달빛 아래서는 햇빛이 비칠 때와 같은 벽지라고 보기 어려울 정도다.

석양빛에든, 촛불 빛에든, 등불 빛에든, 가장 무시무시한 달빛에든, 밤이면 어떤 빛이 비치든 창살 무늬가 된다! 그렇

43

게 벽지 겉무늬가 창살이 되면, 창살 안의 여자가 더없이 또렷하게 보인다.

벽지 뒤로 보이는 것, 그러니까 흐릿한 속무늬가 무엇인지 오랫동안 알아볼 수 없었는데, 이제는 그것이 여자라는 사실을 분명하게 알 수 있다.

낮에 여자는 쥐 죽은 듯 조용하다. 그 여자를 그토록 조용하게 만드는 것은 바로 그 무늬가 아닐까 하는 생각이 든다. 아무튼 참 알 수 없는 일이다. 그 때문에 나는 몇 시간이고 침묵한다.

요즘은 그 어느 때보다 누워서 보내는 시간이 많다. 존은 내게 누워 있는 게 좋다면서 되도록 많이 자라고 한다.

실제로 내가 식사를 하고 난 뒤 한 시간씩 눕는 습관을 들이게 된 것도 존 때문이다.

아주 좋지 않은 습관이다. 눈치챘겠지만, 내가 정말 자는 게 아니니 말이다.

누워만 있을 뿐 잠을 자지 않는다는 사실을 말하지 않다 보니 속임수만 자꾸 늘어난다. 그래도 말할 수는 없다!

솔직히 요즘 존이 조금씩 무서워진다.

가끔 그가 몹시 이상해 보인다. 제니도 알 수 없는 표정을 짓는다.

과학적 가설이라도 되는 양, 그 벽지 때문일지도 모른다는 생각이 이따금 뇌리를 스친다.

눈치채지 못하게 존을 몰래 지켜보기도 하고, 이상하게 생각하지 않을 법한 핑계를 대며 불쑥 방에 들어가 존이 벽지를 보고 있는 모습을 몇 번이나 목격했다! 제니도 마찬가지다. 한번은 제니가 벽지에 손을 대고 있는 모습을 본 적도 있다.

제니는 내가 방 안에 있는 줄 몰랐다. 내가 최대한 차분하게 나지막한 목소리로 벽지에 손을 대고 무엇을 하느냐고 물었더니, 그녀는 도둑질을 하다 들킨 사람처럼 홱 돌아서서는 노여운 얼굴로 왜 그렇게 사람을 놀라게 하느냐고 되물었다!

그런 뒤에 그녀는 벽지 때문에 옷마다 얼룩투성이라고 했다. 내 옷은 죄다 얼룩 범벅이고 존의 옷에도 누런 얼룩이 묻어 있었다면서 존도 나도 좀 더 조심하면 좋겠다고!

그 말을 곧이곧대로 믿으라고? 나는 제니가 그 무늬를 살펴보고 있었음을 안다. 나 말고는 아무도 그 무늬를 알아채지 못하도록 해야겠다.

*

요즘은 전과 다르게 하루하루가 흥미진진하다. 알겠지만 예상하고, 기대하고, 지켜볼 것이 더 많아져서 그렇다. 나는 이제 실제로 더 잘 먹고, 전보다 더 평온하다.

존은 내 상태가 좋아지는 걸 보고 굉장히 기뻐한다! 며칠 전에는 웃는 얼굴로, 벽지에도 불구하고 잘 지내는 듯 보인다고 말하기까지 했다.

나는 웃음으로 받아넘겼다. 실은 다 벽지 때문이라고 존에게 털어놓을 생각은 눈곱만큼도 없었다. 말하면 비웃을 게 뻔하니까. 심지어 나를 데리고 이곳을 떠날 수도 있고.

벽지에 대해 다 알아내기 전까지는 떠나고 싶지 않다. 1주일이 더 남아 있다. 그 정도 시간이면 충분하리라!

*

한결 나아진 기분이다! 벽지가 어떻게 변하는지 지켜보는 일이 너무 재미있어서 밤에는 별로 자지 않지만, 대신 낮에 몇 시간씩 잔다.

낮에 벽지를 보려면 신경이 곤두서고 골치가 아프다.

벽지에 버섯들이 끊임없이 피어나면서 누런빛이 새로 떠오르기 때문에, 아무리 꼼꼼하게 세어 보려 해도 그 수를 헤아릴 수가 없다.

저 벽지는 그야말로 이상야릇한 노란색이다! 여태껏 내가 보아 온 노란 것들 모두를 떠올리게 한다. 미나리아재비처럼 예쁘게 노란 것이 아니라, 오래돼서 더럽고 보기 흉한 누런 것들을.

저 벽지의 문제는 색깔만이 아니다. 냄새도 문제다! 존과 함께 처음 이 방에 들어온 순간 알아차렸지만 그때는 통풍이 잘되고 해가 잘 들어서 냄새가 심하지 않았다. 지금은 1주일간 계속 안개가 끼고 비가 온 뒤로 창문을 열든 닫든 냄새가 방 안에 그대로 남아 있다.

온 집 안에 냄새가 스멀스멀 기어 다닌다.

냄새는 주방에도 떠다니고, 거실에도 스며 있고, 복도에도 배어 있고, 계단에도 숨어서 나를 기다린다.

냄새는 내 머리카락 속으로도 파고든다.

마차를 타러 갈 때도 불현듯 냄새 생각이 나서 고개를 홱 돌리면 그 냄새가 난다! 그것도 얼마나 특이한 냄새인지! 어떤 냄새인지 알아내려고 몇 시간 동안이나 킁킁대면서 분석하려 애쓴 적도 있다. 처음에 맡을 때는 그다지 독하지 않아서 그런대로 괜찮지만, 지금까지 맡아 본 것 중에 제일 이상하고 오래가는 냄새다.

이런 눅눅한 날씨에는 더 심해서, 밤에 자다가 깨도 냄새가 나를 감싸고 있는 걸 느낄 수 있다.

처음에는 냄새 때문에 신경이 곤두섰다. 집을 태워서라도 냄새를 잡을 생각까지 심각하게 했을 정도였다.

하지만 이제는 냄새에 익숙해졌다. 그 냄새를 생각할 때 한 가지 떠오르는 게 있다. 벽지 색깔과 비슷하다는 점이다! 냄새도 누르스름하다.

벽 아래쪽에 덧댄 굽도리널 부근에 아주 이상한 흔적이 있다. 방을 빙 둘러 기다란 줄무늬 얼룩이 이어져 있는 것이다. 침대를 뺀 모든 가구 뒤쪽으로 길게 이어져 있는데, 여러 번 박박 문지른 듯 주변으로 번져 있다.

그렇게 긴 줄무늬 얼룩을 누가, 어떻게, 무슨 이유로 만들었는지 궁금하다. 빙글, 빙글, 빙글, 빙글, 빙글, 그 무늬 때문에 어지럽다!

*

마침내 정말로 뭔가를 알아냈다.

무늬가 바뀌는 밤에 골똘히 지켜본 끝에 알아낸 것이다.

벽지 겉면의 무늬가 실제로 움직인다. 뒤쪽의 여자가 무늬를 마구 흔들어 대니 당연하다! 어떤 때는 뒤쪽에 아주 많은 여자들이 있는 것 같기도 하고, 때로는 한 명의 여자가 정신없이 이리저리 기어 다녀 무늬가 들썩거리는 것 같기도 하다.

그 후 그 여자는 빛이 환하게 비치는 부분에서는 쥐 죽은

47

듯 가만히 있고, 어스름하게 그늘진 부분에서만 창살을 움켜잡고 마구 흔들어 댄다.

그러면서 계속 창살 바깥으로 빠져나오려 안간힘을 쓴다. 하지만 누구도 그 바깥으로 빠져나올 수는 없다. 무늬에 목이 졸려 죽을 테니까. 그래서 벽지에 그토록 많은 머리들이 있는지도 모른다.

여자들이 벽지 뒤에서 나오려다 무늬에 끼면 목이 졸려 거꾸로 뒤집히고, 눈이 허예지는 것이다!

그 머리들을 가려 놓거나 치워 버리면 그나마 덜 흉측할 텐데..

*

그 여자가 낮에는 밖으로 나다니는 것 같다.

내가 이렇게 말하는 이유는, 비밀인데, 그녀를 본 적이 있어서다!

나는 이 방 창문 어디서든 그녀를 볼 수 있다.

내가 아는 한 언제나 같은 여자다. 그녀만 항상 기어 다니고, 다른 여자들은 대부분 낮에 기어 다니지 않기 때문이다.

그 여자가 우거진 녹음 아래 길게 뻗은 길을 기어서 오르내리는 모습도, 포도나무 덩굴 아래 그늘진 곳에 있는 모습도, 정원 곳곳을 기어 다니는 모습도 보인다.

나무들 사이로 난 저 기다란 길을 따라 기어가다, 마차가 지나가면 블랙베리 넝쿨 아래로 숨는 모습도 보인다.

그녀를 탓할 마음은 없다. 낮에 기어 다니다가 들키면 어지간히 창피하지 않겠는가!

나는 낮에 기어 다닐 때면 반드시 문을 잠근다. 하지만 밤에는 그럴 수 없다. 존이 곧바로 이상한 낌새를 알아챌 테니까.

더구나 요즘 존이 너무 이상해서 그의 신경을 거스르고 싶지 않다. 그가 다른 방을 쓰면 좋으련만! 그리고 밤에 그 여자를 밖으로 나오게 할 수 있는 사람이 나 말고는 아무도 없으면 좋겠다.

가끔 모든 창문에서 동시에 그 여자를 볼 수는 없을까 하는 생각이 든다.

하지만 아무리 빨리 몸을 돌려도 한 번에 한 창문으로만 볼 수 있다.

계속 그녀를 주시하지만, 내가 몸을 돌리는 속도보다 그 여자가 기어가는 속도가 더 빠른 모양이다.

나는 이따금 그 여자가 탁 트인 시골로 나가 거센 바람에 떠밀려 가는 구름의 그림자만큼이나 재빨리 기어가는 모습을 본 적이 있다.

*

저 겉무늬를 속무늬에서 떼어 낼 수 있다면! 조금씩 시도해 봐야겠다.

재미있는 것을 또 하나 알아냈지만, 이번에는 말하지 않을 생각이다! 사람들을 지나치게 믿어서 좋을 것은 없으니까.

벽지를 떼어 낼 수 있는 시간이 이제 딱 이틀 남았는데, 존이 뭔가 알아챈 낌새다. 그의 눈빛이 심상치 않다.

나는 존이 제니한테 의사로서 나에 대해 이것저것 묻는 소리를 들었다. 제니는 많은 것을 일러바쳤다.

그녀는 내가 낮잠을 많이 잔다고 곧이곧대로 말했다.

존은 내가 밤에 거의 자지 않는다는 사실을 알고 있다. 내가 너무 조용하기 때문에!

그는 짐짓 다정하고 자상하게 나한테도 이런저런 것을 물었다.

내가 그 꿍꿍이를 모를 줄 알고!

뭐, 석 달이나 이런 벽지 아래에서 잤으니, 존이 그렇게 구는 것도 당연하다.

나는 벽지에 관심을 가졌을 뿐이지만, 존과 제니는 분명 알게 모르게 벽지의 영향을 받았을 것이다.


\*


우아! 마지막 날이지만 시간은 충분하다. 존은 밤새 읍내에 머물고 저녁때에나 돌아올 테니까.

제니는 나와 자고 싶다고 했다. 의뭉스러운 것 같으니! 나는 하룻밤 혼자 편히 쉬어야겠다고 말했다.

약삭빠른 대답이었다. 실은 나 혼자가 아니었으니까! 달빛이 비추기 무섭게 저 안쓰러운 것이 기어 다니며 무늬를 흔들어 대기 시작했다. 나는 일어나서 그녀를 도와주려고 달려갔다.

내가 잡아당기면 그녀는 흔들고, 내가 흔들면 그녀는 잡아당기고 하면서, 우리는 아침이 밝기 전까지 벽지를 몇 미터 벗겨 냈다.

내 머리 높이까지 절반가량 벽지를 벗겨 냈다.

그러고 난 뒤 해가 떠오르고 그 끔찍한 무늬가 나를 비웃기 시작했을 때, 나는 기필코 오늘 안에 벽지를 다 뜯어내리라 마음먹었다!

내일이면 우리는 이 집을 떠난다. 그래서 사람들이 이 방의 가구를 모두 원래 있던 자리로 내리고 있다.

제니가 놀라서 넋을 잃고 벽을 쳐다보았지만, 나는 저 지독한 것이 보기 싫어서 그랬다고 쾌활하게 말했다.

제니는 웃으면서 자신이 얼마든지 뜯어낼 수 있으니, 나더러 기운을 빼면 안 된다고 했다.

그때 제니가 본심을 드러낸 것이었다!

하지만 내가 여기 있는 한, 나 말고는 아무도 벽지에 손을 대면 안 된다. 살아 있는 사람은 아무도!

제니는 나를 방에서 데리고 나가려 했다. 속내가 뻔했다! 나는 이제 방이 조용해진 데다 훤하니 깨끗해서 다시 누워 실컷 잘 수 있을 것 같다고 말했다. 그리고 자고 일어나서 부를 테니 저녁 식사 때도 깨우지 말라고 덧붙였다.

그래서 이제 제니도 가고, 일하는 사람들도 가고, 가구들도 방에서 모두 사라지고 없다. 남은 것은 캔버스 매트리스가 놓인, 못을 박아 고정한 큰 침대뿐이다.

오늘 밤 우리는 아래층에서 자고, 내일 배를 타고 집으로 돌아갈 것이다.

나는 다시 텅 빈 방을 독차지하고 있다.

그 아이들이 여기서 얼마나 난리를 피웠는지!

침대 틀을 보니 물어뜯은 자국투성이다.

어쨌거나 나는 일을 시작해야 한다.

나는 문을 잠그고 열쇠를 현관 앞 길 쪽으로 던졌다.

존이 오기 전까지는 나가고 싶지 않고, 다른 사람이 들어

오는 것도 싫다.

그를 깜짝 놀라게 해 주고 싶다.

제니조차 모르게 방에 가져다 놓은 밧줄이 하나 있다. 만일 저 여자가 나와서 달아나려고 하면 묶어 둘 수 있다!

그런데 밟고 올라설 게 없으면 높은 곳까지 손이 닿지 않는다는 사실을 깜빡 잊었다!

이 침대는 꿈쩍도 안 할 텐데!

침대를 들어 올리려고도 해 보고 밀어 보려고도 했지만, 기운만 빠질 뿐이었다. 화가 치밀어 침대 한 귀퉁이를 조금 물어뜯었더니 이가 시큰거렸다.

그 뒤로는 바닥에 서서 손이 닿는 데까지 벽지를 모조리 뜯어냈다. 벽지는 지독하게 들러붙고, 무늬는 그걸 즐긴다! 모든 목 졸린 머리, 둥글납작한 눈, 와글와글 자라던 버섯들이 비웃으며 소리를 질러 댄다!

나는 극단적인 일도 서슴지 않을 만큼 화가 치밀어 오른다. 창밖으로 뛰어내려도 썩 좋을 것 같은데, 창살이 너무 튼튼해서 시도조차 할 수 없다.

창살이 아니더라도 그런 짓은 하고 싶지 않다. 당연히 안 할 것이다. 그런 행동은 적절치 않고 오해를 살 수 있음을 익히 알고 있다.

창밖은 내다보고 싶지도 않다. 정신없이 빨리 기어 다니는 여자들이 너무 많다.

그들 모두 나처럼 저 벽지에서 나온 것일까?

하지만 이제 나는 감쪽같이 숨겨 두었던 밧줄에 꽁꽁 묶여 있으니, 나를 저 길가로 내보내지 못한다!

밤이 되면 무늬 뒤로 돌아가야 할 텐데, 쉽지 않은 일이다!

이 널찍한 방에 나와서 마음대로 이리저리 기어 다니는 것이 참 좋다.

밖으로 나가고 싶지 않다. 제니가 부탁하더라도 나가지 않으리라.

밖에 나가면 땅바닥을 기어 다녀야 하고, 모든 게 누렇지 않고 푸르르지 않은가.

하지만 여기서는 방바닥을 미끄러지듯 기어 다닐 수 있다. 벽을 빙 둘러 길게 나 있는 줄무늬가 딱 내 어깨 높이라서 길을 잃을 염려도 없고.

이런, 존이 문 앞에 와 있다!

소용없어, 이 사람아. 당신은 문을 열 수 없어!

존이 미친 듯이 내 이름을 부르며 문을 두드린다!

이제는 도끼를 가져오라고 소리친다.

저 멋진 문을 부숴 버리게 둘 수는 없지!

"존, 현관 계단 옆 질경이 잎 아래에 열쇠가 있어요." 나는 부드러운 목소리로 말했다.

그러자 그는 잠시 동안 말이 없었다.

그러고는 조용히, 아주 나지막이 말했다. "여보, 문 열어!"

"못 열어요. 열쇠가 현관 옆 질경이 잎 아래 있다니까요!"

나는 다정하게 천천히 몇 번이나 그렇게 말했고, 그가 내려가서 열쇠를 찾아야 한다고 누누이 이야기했다. 그는 물론 열쇠를 찾아 방으로 들어왔다. 그러더니 문가에 뚝 멈춰 서서 소리쳤다.

"무슨 일이야? 세상에, 당신 뭐 하는 거야!"

나는 그대로 계속 기면서 어깨 너머로 존을 돌아보고 말했다.

"제니하고 당신이 막았지만 마침내 나왔어요! 벽지도 거의 다 뜯어냈고요. 그러니 도로 나를 집어넣을 수는 없어요!"

그런데 저 남자는 왜 기절한 거지? 아무튼 그는 기절했고, 그것도 벽 옆 내 길목을 가로막고 쓰러져서 나는 매번 그를 기어 넘어가야 했다.

# 비즐리 부인의 증서

윌리엄 비즐리 부인은 가게 위층 거실 바닥에 묘하게 몸을 웅크리고 있었다. 의사들이 '슬흉위'[8]라고 일컫는 자세였는데, 그 여자의 창백한 안색과 고달파 보이는 모습이 왜 그러고 있는지를 짐작하게 했다.

엎드려 걸레질을 하다 말고 한쪽 뺨을 바닥에 댄 듯한 그녀의 모습은 볼품없는 작은 뼈 무더기 위에 곱게 짠 옥양목을 조심스레 덮어씌워 놓은 것 같았다.

별안간 아래층에서 "마리아!" 하고 부르는 거친 목소리가 들려오자, 그녀는 불안한 표정으로 벌떡 일어나 대답을 하며 서둘러 아래층으로 내려갔다. 그 모습에서 그런 자세를 취하고 있던 이유가 분명하게 드러났는데, 그녀는 난로 연통에서 들려오는 소리에 귀를 기울이고 있었던 것이다.

가게에서는 비즐리 씨가 의자를 뒤로 젖히고 앉아 여유롭게 파이프를 문 채 마찬가지로 의자를 뒤로 젖히고 앉아 담배

---

8  무릎을 구부리고 엎드려 바닥에 가슴을 댄 자세.

를 피우는 또 다른 남자와 불 꺼진 난로 옆에서 한가로이 이야기를 나누고 있었다.

"여기 부인께 면으로 된 멜빵 좀 찾아 드려. 그런 자질구레한 것들이 어디 있는지는 당신이 나보다 더 잘 알잖아." 비즐리 씨가 말했다.

그 손님 또한 발이 고운 옥양목 옷을 입고 계산대 옆에 서 있었다. 오랫동안 가게 일을 봐 온 비즐리 부인은 단박에 손님이 원하는 물건을 찾아 주었다. 그러고는 친절하게도 마차가 서 있는 데까지 그녀를 따라 나가, 마차가 떠나는 걸 막기라도 하듯 여윈 손으로 바퀴를 잡고 서서 수다를 떨었다.

"마리아!" 비즐리 씨가 불렀다.

"아이코, 이만 가 봐야겠어요!" 제인웨이 부인이 고삐를 잡으며 말했다.

"그럼 살펴 가세요, 제인웨이 부인. 시간 되면 또 오세요. 제가 록웰로 내려가긴 힘들 것 같으니까요."

"마리아! 아직 저녁 준비 안 됐어?" 서둘러 가게로 들어간 그녀에게 비즐리 씨가 물었다.

"6시면 준비될 거예요. 늘 하던 대로." 비즐리 부인은 시큰둥하게 대답하고, 다시 문 쪽으로 고개를 돌렸다. 하지만 그녀의 친구는 이미 떠나고 없었다. 그녀는 천천히 위층으로 올라갔다.

루엘라가 거기 있었다. 루엘라는 겨우 열네 살이지만, 키가 크고 대담해 보였다. 동생들에게 엄마 노릇을 해서 그런지 나이에 비해 지혜롭기도 했다. "엄마는 이제 앉아서 좀 쉬세요. 제가 저녁도 차리고, 윌리도 불러오고 다 할게요. 아기는 잘 자고 있어요."

집 안에서 부르는 날카로운 소리에 윌리는 마지못해 물레방아에서 나와 물을 뚝뚝 떨어뜨리며 진흙을 잔뜩 묻힌 채 집으로 들어갔다.

"난 너무 걱정이 돼서 아무것도 못 먹겠구나!"

비즐리 부인이 작은 앞창 옆 나무 흔들의자에 앉아 걱정 가득한 목소리로 말했다. 야윈 두 손으로는 흔들의자 팔걸이를 움켜잡았고, 웃음기 없는 여려 보이는 작은 입은 파르르 떨렸다.

"그 증서들 중 하나였어! 그걸 처분하려는 건가? 그이는 그럴 권리가 없는데 또 처분하려는 거야. 늘 그런 식이지. 나나 아이들이 원하는 건 안중에도 없이." 그녀는 머릿속에서 생각을 이어 갔다.

저녁 식사가 끝난 뒤, 윌리는 잠자리에 들고, 루엘라는 아기를 데리고 가게를 보러 갔을 때, 비즐리 씨가 또 의자를 뒤로 젖히고 앉아 이쑤시개로 이를 쑤시며 말했다. "또 다른 증서 하나에 서명을 좀 해 줘야겠어. 필든 판사님이 오늘 밤에 시간을 내서 와 주기로 했거든. 그러면 수고스럽게 읍내에 나갈 필요 없이 그분 앞에서 일을 처리할 수 있어."

"어떤 증서예요? 내가 이미 서명해서 넘긴 증서가 한둘이 아니잖아요. 이번엔 또 뭘 팔려고요?" 비즐리 부인이 따져 물었다.

비즐리 씨는 업신여기듯 아내를 빤히 쳐다보았다. 그 같은 남자는 저항력이 전혀 없는 항의에 다시 생각해 보는 일 따윈 없었다.

"빌어먹을, 엉터리 법 같으니라고! 하여간 여자들이 사업에 대해 뭘 안다고! 어떤 강요도 없이 자발적으로 하는 거라 말하고 서명이나 해. 당신이 해야 할 일은 그게 전부야!" 그가 생각에 잠긴 채 말했다.

"뭘 어쩌려는지 지금 얘기하는 편이 나을 거예요. 어차피 내가 그 증서를 읽어 봐야 하니까요."

"그 증서를 읽어 볼 생각을 하다니 참 대단하군. 필든 판사님이 당신을 지켜보며 기다리실 텐데!" 그가 쌀쌀맞게 빈정거렸다.

"록웰 부지를 팔려는 거죠? 나도 알아요! 윌리엄, 어떻게 그럴 수 있어요! 우리 아버지가 나한테 남겨 준 땅 중에 마지막 남은 곳이에요! 거긴 내 땅이에요. 당신이 마음대로 팔 수 없어요. 난 서명하지 않을 거예요!"

비즐리 씨는 아내의 거센 반대가 심히 못마땅했다. 곧 목이 잘릴 암탉이 시끄럽게 울어 대는 소리만큼이나.

"보아하니 당신 참 아는 게 많군." 그는 매서운 눈으로 아내를 쏘아보았다. 그러고는 말없이 호리호리한 몸을 일으켜 장작 헛간으로 가서 여기저기 뒤적거리더니 낡은 깡통 하나를 찾아내서는, 위층으로 가지고 올라가 탕탕 두드렸다. 이제 비즐리 부인이 아무것도 알려고 해서는 안 된다는 사실을 알리는 소리였다.

"이봐, 입도 뻥긋하지 않는 게 좋을 거야. 맨발로 저 위로 쫓겨나기 싫으면. 당신의 그 직감 하나는 역시 놀랍군. 뭐, 알고 보면 그렇게 대단한 건 아니지만.

당신이 이번 일에 대해 어느 정도 눈치채고 있는 걸로 보이지만, 필든 판사님이 오기 전에 분명히 해 둬야 할 게 있어. 당신은 여자라는 점, 그래서 사업에 대해서는 아무것도 모른다는 걸 인정하는 편이 좋을 거야. 그리고 힘 닿는 데까지 가족을 돌보는 건 남자의 일이란 점도."

"어디 계속해 봐요. 당신이 원하는 게 뭔지 말해 봐요. 내가 허용하든 말든 기다릴 필요 없잖아요! 내가 아는 건 우리 아버지가 나한테 많은 땅을 남겨 주셨다는 사실뿐이에요. 나를 위해서, 아이들을 위해서 나한테 남겨 주셨어요. 그런데 당신은 내 뜻과 상관없이 그걸 모두 팔았죠. 지금 얘기하는 땅 한 군데만 빼고요."

"우리가 판 거지. 당신이 그 증서들에 서명했으니까."

"네, 내가 했죠. 당신이 시켜서."

"이봐, 비즐리 부인! 당신이 매번 필든 판사님한테 아무런 강요 없이 서명하는 거라고 하지 않았어?"

"네, 그래요. 내가 판사한테 그렇게 말했죠. 이제 와서 그런 걸 시시콜콜 따져 봐야 무슨 소용이 있겠어요! 하지만 록웰에 있는 그 집은 내가 자란 내 집이에요. 난 아이들을 위해서 그 집을 지키고 싶어요. 윌리엄, 당신이 거기 가서 살아 주기만 한다면, 내가 하숙을 쳐서 옛집을 지킬게요! 그리고 당신은 거기 용수 사용권을 팔거나 임대할 수……."

비즐리 씨의 얼굴이 어두워졌다. "무슨 말도 안 되는 소리야, 비즐리 부인. 여자가 왜 이렇게 말이 많아. '여자들은 말만 하고 남자들은 행동을 한다'는 말이 딱 맞다니까. 하지만 그것보다 더 적절한 말이 성경에 나오지.[9] 바보 같은 법 따위는 형식적인 절차일 뿐이야. '아내는 남편에게 복종하라!' 이게 진짜 법이지."

그가 파이프에 불을 붙이고 일어나 밖으로 나가면서 덧붙

---

9 에베소서 5장 22절. "아내들이여 자기 남편에게 복종하기를 주께 하듯 하라."

였다. "아, 그건 그렇고, 지금 금요일 밤이지? 말할 게 하나 더 있는데 깜박 잊었군. 내일 하숙인이 올 거야."

"하숙을 누가 쳐요?"

"누구긴, 당신이지. 여자라니까 나보다는 당신이 낫지 않겠어?"

"윌리엄 비즐리! 나한테 상의 한마디 없이 하숙인을 구한 거예요?"

감정이 격해진 그 작은 여자의 두 손이 부르르 떨렸다. 그녀 목소리가 애처롭게 점점 커지다가 끝내는 무력하게 꺾였다.

"당신의 수고를 내가 덜어 줬잖아. 지금 그런 걸 따질 때가 아니야. 그래도 그 여자 방을 정리할 시간이 하루는 있군."

"그 여자 방이라뇨! 방이 어디 있어요? 이 가게 위층은 우리 식구 살기에도 비좁아요. 윌리엄, 난 받아들일 수 없어요! 할 수 없어요. 그럴 힘이 없다고요!"

"무슨 억지소리야! 단출한 살림에 어쩌다 내가 바쁠 때 가게 보는 일 말고 하는 일이 뭐 있다고. 방 문제라면 당연히 루엘라의 방을 줘야지. 루엘라는 소파에서 자고 윌리는 다락에서 자면 되잖아. 뭐, 모리스 휘팅의 아내는 여섯 명이나 하숙을 쳐. 오드웨이네는 여덟 명이나 치고."

"네, 그래서 두 집 다 여자들이 죽어나죠! 하숙 쳐서 얻는 건 하나도 없고요. 여자들은 거들먹거리는 도시 사람들 뒷바라지하면서 몸 고생, 마음고생만 하고, 돈은 다 남편들 주머니로 들어가잖아요. 그래서 당신도 우리 애들은 한데로 쫓아내고 방 넷뿐인 이 집에서 하숙을 치겠다는 거예요? 그것도 여자를? 남자 셋보다 여자 한 명 하숙 치는 게 더 힘들어요! 분명히 말하는데, 난 못 해요!"

이때 루엘라가 들어와서 비즐리 부인에게 동정 어린 손길을 내밀었다. "방금 버트 필든이 다녀갔어요. 자기 아버지가 일이 생겨서 뉴욕에 갔는데 며칠 뒤에 돌아오신다고 아버지한테 전하라고 했어요."

"뭐, 어쩔 수 없지. 며칠 늦어진다고 크게 달라질 건 없을 테니. 그럼 네 엄마 설거지하는 거나 도와줘. 그리고 가서 자, 둘 다." 비즐리 씨는 차갑게 말하고 가게로 내려가는 계단으로 나가 조용히 파이프를 피웠다.

다음 날 저녁나절 하숙인이 도착했다. 비즐리 씨가 역으로 마중을 나가서 그 여자와 그다지 크지 않은 그녀의 여행 가방을 싣고 왔다. 집으로 돌아오는 길에 그는 여자에게 아내가 지적인 여성과 어울리면 좋을 것 같아서 하숙을 쳐 보라고 했다고 말했다.

"집사람이 소심하고 현실적이지 못합니다. 그런 게 걱정돼서 하숙을 쳐 보라고 했죠. 아마 집사람이 숙녀분을 아주 좋아할 겁니다."

그는 그 여자에게서 대단히 좋은 인상을 받았다. 꽤 젊고, 누가 봐도 미인인 데다, 분별 있고 사람의 마음을 끄는 다정한 면을 지닌 여자였다.

집으로 돌아가는 길은 꽤 멀었다. 게다가 산악 지역의 시골길을 달려야 해서, 거리에 비해 시간이 많이 걸렸다. 비즐리 씨는 평소 낯선 사람들을 대할 때와는 달리, 눈길을 끌 만한 곳들을 손으로 가리키면서 거리낌 없이 술술 말을 늘어놓았다.

로런스 양은 흥미롭게 주위를 둘러보며 감탄을 금치 못

했다.

"저 강은 수력이 상당하겠는데요. 저곳은 제분소를 하기에 아주 좋겠어요. 맞아, 제분소가 있겠네요. 그렇죠?"

"네, 저곳은 제 장인어른 소유였습니다. 예전에 이 지역에 무두질 공장이며 제재소가 즐비했을 때, 장인어른이 저기서 제분소를 하셨죠. 그때는 이 시골에 무두질 공장과 제재소가 아주 많았습니다. 지금은 솔송나무를 거의 다 베어 내서 그런 게 별로 없지만요."

"저 위에 있는 집도 아주 좋아 보이네요. 저기 사세요?"

"아뇨, 우리는 셰이드 시티라고 여기서 꽤 먼 데 삽니다. 지금 지나는 곳은 록웰이라고 하는데, 앞으로 많이 발전할 겁니다. 사람들 말대로, 철도가 들어서기만 하면요."

비즐리 씨는 거드름을 피우며 말했다. 여자와 나눌 만한 대화의 소재보다 철도에 대해 더 많이 알았으므로. 이야기를 나누는 동안 그는 여자의 신분과 직업을 속으로 추측해 보았다.

'결혼은 안 했겠군, 그렇게 보여. 어린 여자는 아니지만 꽤 젊어 보이고. 돈은 많지 않겠어. 돈이 많으면 우리 집 같은 데서 하숙을 하진 않을 테니까. 학교 선생인 모양이군.'

"애들 가르치는 일이 꽤 힘들죠?" 그가 넘겨짚어 물었다.

"애들 가르치는 일요? 뭐, 그보다 더 힘든 일도 많죠. 제가 그렇게 지쳐 보이나요?"

그녀는 대수롭지 않게 대답하고 말을 이었다.

"하긴 여자 고등학교 선생인 친구가 하나 있는데, 여름쯤 되면 기진맥진하더라고요. 전 지치면 바다에 가는 편이지만, 올해는 고즈넉한 곳에서 쉬고 싶었어요. 그런데 좋은 곳을 잘 찾은 것 같아요. 와, 정말 예쁘네요!"

가파른 산등성이를 돌아서 강가를 따라 목적지에 다다랐을 때 여자가 소리쳤다. 어떤 면에서는 셰이드 시티라는 마을 이름이 꼭 들어맞는 곳이었다. 산들 틈새에 있어서, 해가 뜨는 것도 지는 것도 보이지 않았으니까.

한낮에는 남쪽에서 해가 비춰 따뜻하면서도, 북쪽에서 불어오는 바람 덕분에 시원했다. 강이 넓어질 공간도, 길을 넓힐 공간도 거의 없는 그 '시티'에는 좁은 강둑을 따라 대여섯 채의 집과 대장간 하나, 그리고 '그 가게'가 있었다.

하지만 마을이 너른 산골짜기 사이에 있어서, 그곳을 찾는 모든 교통 수단이 그 작은 길로 모였기 때문에 시골 장사꾼에게는 큰 도움이 되었다.

"마리아! 로런스 양이 오셨어. 바로 이분 여행 가방을 갖고 올라갈게. 루엘라! 로런스 양께 방을 안내해 드려라! 방을 찾기가 어렵진 않을 겁니다. 로런스 양. 방이 많지 않거든요."

비즐리 씨가 말했다.

비즐리 부인은 내키지 않는 기색이 역력했고, 루엘라는 은근히 적의를 드러냈다. 눈에 띄지 않게 비웃는 표정을 짓고 있던 윌리는 아버지한테 찰싹 얻어맞고는 예의 바르게 굴지 않으면 후회하게 될 거라는 경고를 들었다.

하지만 로런스 양은 달가워하지 않는 그들을 전혀 개의치 않고, 간편한 차림으로 나와서 유쾌하게 저녁 식사를 했다. 그녀는 즐겁게 이야기하며 음식이 맛있다는 칭찬으로 이내 루엘라의 환심을 샀고, 주머니에서 꺼낸 작은 퍼즐로 윌리의 마음을 사로잡았다. 그렇지만 안주인은 여전히 냉담했고, 반갑지 않은 손님의 거듭되는 호의에도 며칠 동안 계속 뚱했다.

"제가 쓰는 방은 제가 치울게요. 그러고 싶어요. 전 여기서 할 일이 거의 없지만 부인은 일이 많잖아요. 어떤 음식을 좋아하느냐고요? 뭐든 괜찮아요. 제 집에서처럼 살려고 온 게 아니라 좀 다르게 지내 보려고 왔으니까요."

로런스 양이 말했다.

얼마 후 비즐리 부인은 그녀를 '남자보다 더 편하고 무난한' 하숙인이자 친구로 받아들였다.

"여자아이는 뭘 하면서 지내나요? 시간을 보낼 데가 없는 것 같은데."

하숙인이 물었다.

"루엘라는 사람들이 말하는 '자연 공부'를 하고 있어요. 작은 쌍안경과 책 한 권을 들고 나가서요. 윌리도 누나 따라다니는 걸 좋아해요. 누나가 새, 식물, 바위 같은 것들에 대해 많이 알려 주거든요. 딸애는 또 버섯을 따 와서 직접 요리해 먹기도 해요. 고기보다 맛있는데 값은 더 싸다면서요. 전 버섯을 별로 안 좋아하지만 돈이 절약되는 건 분명하죠."

1주일쯤 지나 비즐리 부인은 달가워하지 않던 태도를 싹 바꾸었다. 2주쯤 지나자 하숙인에게 곰살맞게 굴었고, 3주쯤 지나서는 루엘라와 버트 필든을 통해 필든 판사가 곧 돌아올 거라는 말을 듣고, 마지막 남은 재산을 잃게 될까 봐 노심초사하며 속내까지 털어놓았다.

"그곳이 정든 옛집이고, 제가 좋아해서 그런 것만은 아니에요. 우리 아이들이 지내기에도 훨씬 더 좋고, 그것만으로 팔기 싫은 이유는 충분하지만, 꼭 그 때문만도 아니에요. 거기 가서 살면 형편이 훨씬 나아질 텐데, 남편이 도통 제 말을 듣질 않아요!"

"남편분이 자기가 더 잘 안다고 생각하시나 봐요?"

"네, 맞아요. 남자들이 그렇잖아요! 어머나, 아니에요. 로런스 양은 결혼을 안 해서 잘 모를 거예요. 하여튼 그이는 뭐든 사고팔아서 돈을 벌어야 한다고 생각해요. 허구한 날 손해만 보고 나한테 감추기 급급한 것 같지만요."

"그래도 가게는 잘되지 않아요?"

"별로요. 그이가 잘만 관리하면 괜찮을 텐데 말이죠. 필요한 물품은 제때 채우지 않고, 돈이 좀 생기면 그러모아서 땅에 투자하고, 그걸 되팔아서 이익을 남기려고 하거든요. 그 돈으로 말을 바꾸기도 하고, 짐마차 장사치의 물건을 몽땅 사들여서 되팔기도 하고, 여하튼 수시로 투기를 해요. 루엘라를 학교에 보내자는 내 말은 듣지도 않고, 윌리까지 걸핏하면 학교에 못 가게 해요. 그리고 이제는……. 어머나, 제가 로런스 양한테 별 얘길 다 하고 있네요!"

"조금이라도 마음이 풀린다면 얼마든지 하세요, 비즐리 부인. 제가 그렇게 큰 도움은 못 되겠지만요. 제 아버지가 부동산업을 하셔서 이런 산지에 대해 잘 아세요."

"뭐, 그렇게 떠벌릴 얘기는 아니지만, 남편 흉을 보려는 게 아니라 그 땅이 좀 걱정이 돼요. 누가 뭐래도 제 땅인데 증서에 서명을 할 수밖에 없고, 그러면 그이가 팔아 버릴 것 같거든요!"

"잘못인 걸 분명하게 아시면서 왜 남편분이 그러게 놔두세요!"

"놔둘 수밖에요! 아, 참! 결혼을 안 하셨지! 어쩔 수 없어요! 로런스 양은 남자들을 몰라요!"

"하지만 그래도 비즐리 부인, 재산을 지키고 싶다면……."

"아, 로런스 양은 이해를 못 하시겠지만, 저도 우리 애들도 아무도 벗어날 수가 없어요. 그이가 하라는 대로 하지 않으면 우리를 얼마나 들들 볶는지 몰라요. 그 길로 끝이에요. 그런 남자한테는 아무것도 안 통해요. 게다가 성경도 남자 편이잖아요!"

로런스 양은 한동안 생각에 잠겼다.

"남편과 헤어질 생각은 해 본 적 있으세요?"

그녀가 조심스럽게 물었다.

"네, 그럼요. 그런 생각도 해 봤죠. 제 동생도 줄곧 그러라고 하고요. 하지만 전 이혼이 좋은 해결 방법이라고 생각하진 않아요. 그렇게 생각하더라도, 여기는 뉴욕주라서 이혼할 수도 없을 거예요."

"이대로 사는 건 아이들한테 너무 힘든 일 아닌가요?"

"제가 참을 수 없는 게 바로 그거예요. 전 애가 다섯이에요, 로런스 양. 큰아들은 아버지를 견디다 못해 겨우 열두 살에 집을 나갔어요. 나를 잡을 셈으로 그랬는지, 그이가 큰애를 너무 심하게 혼냈거든요. 아무튼 그 애는 학교도 제대로 못 다녀서 좋은 일자리를 구할 수 없어요. 이제 열다섯 살인 애가 혼자 어떻게 지내는지 소식도 자주 못 듣죠. 별로 튼튼하지도 않고, 도시를 싫어하는 애인데…… 아버지만 아니라면 당장이라도 돌아올 거예요."

비즐리 부인의 눈에 눈물이 고였다.

"자녀가 다섯이라고 하시지 않았어요?"

"맞아요, 윌리하고 이 아기 사이에 한 아이가 죽었어요. 여기서 병원까지는 한참을 가야 하는데, 그이가 뭉그적거렸거든요. 내 말을 안 믿고 다 허튼소리라고 하다가 너무 늦어 버렸죠! 이 아기도 꼭 그 애처럼 약해서 걱정이에요."

힘없는 작은 여자의 눈에서 눈물이 흘러내렸다. 하지만 비즐리 부인은 덤덤하게 눈물을 훔치고 말을 이었다.

"지금은 루엘라가 제일 걱정이에요. 좋은 학교에 다녀야 할 나이에 종일 가게만 지키고 있으니까요. 벌써 주변에 얼쩡거리는 청년들이 한둘이 아니에요. 루엘라가 나이에 비해 크고 예쁘잖아요. 로런스 양, 저도 루엘라 나이 때는 인물이 괜찮았는데 아무것도 모르는 나이에 너무 일찍 결혼했어요!"

로런스 양은 행복해 보이지 않는 여인의 작은 얼굴을 찬찬히 살폈다.

"비즐리 부인, 제가 몇 살로 보여요?"

비즐리 부인은 실례를 무릅쓰고 날카로운 눈으로 뜯어보다가 스물일곱 살로 보인다고 말했다.

"열 살이나 적게 보셨네요. 이 달로 서른일곱 살이 됐어요."

로런스 양이 기분 좋은 얼굴로 대답했다.

"어머나! 저보다 나이가 많네요! 전 이제 서른둘이에요!"

옥양목에 휘감긴, 몹시도 지쳐 보이는 여인이 소리쳤다.

"그래요, 제가 더 많아요. 이제 제 나이를 내세워서, 그리고 제 직업 경력을 좀 활용해서, 아이들을 위해 남편과 아내 사이에 끼어드는 용서할 수 없는 죄를 저질러 볼 생각이에요. 비즐리 부인, 저는 부인이 아이들을 위해서 맞서야 한다고 생각해요.

너무 늦기 전에 잘 생각해 보세요. 록웰에 있는 이 재산을 계속 보유한다면, 그리고 이제껏 팔아 치운 것에서 부인 몫을 찾을 수 있다면 그걸로 살아갈 수 있겠어요?"

"뭐, 그럴 수 있을 거예요. 지금은 여동생이 살고 있지만 집도 있으니까요. 여동생이 그 집에서 하숙을 치면서 집세를 내고 있거든요. 동생은 그 돈을 제가 관리하는 줄 알지만요. 아무튼 그렇게 되면 어떻게든 살아갈 수 있을 거예요."

"땅이 얼마나 돼요?"

"전부 7300평쯤 돼요. 방금 말한 집 주변 땅하고, 폭포를 끼고 양쪽으로 길게 뻗어 있는 땅을 합해서요. 폭포도 우리 거예요."

"그것도 금전적 가치가 있지 않을까요? 용수 사용권을 임대할 수 있을 거예요."

"어떤 전기 회사에서 그걸 사겠다고 했었는데 거래가 성사되지 않았어요. 남편이 안 팔겠다고, 샘 헌트한테는 아무것도 팔지 않겠다면서 어깃장을 놨거든요. 단지 그가 제 옛 친구라는 이유 때문에요. 샘은 지금 록웰에서 꽤 잘되는 가게를 하고 있는데, 전에 그 전기 회사에서 일했거든요. 남편은 늘 샘을 질투했어요. 샘이 원한 사람은 제가 아니라 제 동생이었는데 말이에요."

"아무튼 잘 생각해 보세요. 만일 부인이 여동생하고 같이 살림을 해 나가면서 아이들을 키울 수 있다면, 부인의 큰아들도 집으로 돌아올 거예요. 그 폭포를 임대하거나 팔면 루엘라를 학교에 보낼 수도 있고요. 윌리는 읍내에 있는 학교에 다닐 수 있고, 아기도 해가 더 많이 드는 곳에서 더 건강하게 자랄 수 있을 거예요, 한데 왜 아이들을 위해 남편에게 맞설 생각을 안 하세요?"

비즐리 부인이 한 가닥 희망을 기대하는 눈으로 로런스 양을 보며 말했다.

"그럴 수만 있다면……."

"비즐리 씨 소유의 재산은 얼마나 돼요?"

로런스 양이 물었다.

"재산요! 그 사람은 빚쟁이예요. 예전부터 있던 빚에 새로 진 빚이 또 있어요. 결혼할 때부터 있던 빚이 지금은 더 많아 졌죠."

"땅이며 물건들을 사고판다고 했잖아요?"

"아, 그 돈에 대해선 또 농간을 부렸죠. 채권자들 손에 안 들어가게 하려고, 제 이름으로 은행에 넣어 놨어요. 그런 쪽으로는 그이를 따라갈 사람이 없을 거예요."

"으음, 음."

로런스 양이 생각에 잠긴 소리를 냈다.

\*

그다음 날, 비즐리 씨에게 마차를 타고 멀리 다녀와야 하는 일이 생겼다. 물건을 떼러 프린스빌까지 가야 했던 것이다.

그는 아침 일찍 준비된 식사를 하면서 음식 타박을 해 댔다. 그리고 아직 내려오지는 않았지만, 로런스 양이 있는데도 성질을 부리고 화를 내면서 6시쯤 출발했다.

"워! 멈춰!" 말들이 겨우 가슴걸이에 편해졌을 무렵, 그가 심술궂게 줄을 홱 잡아당겨 말들을 멈춰 세웠다.

"마리아!"

"왜요, 뭐 빠뜨렸어요?"

"빠뜨리긴 뭘 빠뜨려! 생각난 게 있는데, 오늘 밤에 꼼짝 말고 집에 있어. 나 없다고 괜히 록웰에 내려가 싸돌아다니지 말고. 필든 판사님이 돌아오면 전에 말했던 그 일을 처리해야 하니까. 꼭 집에 있어! 이랴!"

큰 마차가 소란스럽게 다리를 건너고 모퉁이를 돌아서 보이지 않는 숲길로 들어갔다.

*

비즐리 씨는 해가 지고 좁은 길에 땅거미가 짙게 내려앉은 뒤에야 돌아왔다. 아내를 더욱 가혹하게 옥죌 수 있는 자신의 집에서 법적 절차를 밟을 일에 기대가 컸던 그는 늦게 돌아오게 되어 단단히 화가 났다.

그는 피곤하기도 했고, 말들이 진땀을 흘리는 모습을 보면 알 수 있듯 심사가 뒤틀려 있었다.

"윌리! 윌리, 이리 나와! 와서 말들 좀 데려가!"

그가 소리쳤지만, 바짝 졸아서 허둥대며 나와야 할 아이는 나타나지 않았다.

"마리아! 마리아! 이 어린놈의 자식 어디 있어! 루엘라! 마리아!"

그는 구시렁거리고 욕을 해 대며 마차에서 내려 닫혀 있는 현관문으로 내달려 갔다. 문은 잠겨 있었다.

"빌어먹을!"

그는 으르렁대면서 문을 흔들고 쾅쾅 두드렸다. 하지만 아무 소용이 없었다. 옆문으로도, 뒷문으로도, 장작 헛간으로도 가 봤지만 모두 잠겨 있었다. 창문들도 가로대가 얹힌 채로 굳게 닫혀 있었다. 그의 얼굴이 분노로 일그러졌다.

"나갔군. 다들 나갔어. 오늘 밤은 집에 있으라고 그렇게 당부했건만. 보나마나 록웰에 갔겠지. 가게까지 비워 두고. 이 여편네, 돌아오면 따끔한 맛을 보여 줘야겠어! 아들놈은 매타작을 하고."

잠시 후 그는 말들을 끌어다 놓고, 짐이 가득한 마차를 차고에 둔 채 부엌 유리창을 깨고 집 안으로 들어갔다.

깨끗하게 물청소를 하고 난 뒤 풍기는 청량한 비누 냄새가 그를 맞았다. 그는 성냥을 그어 불을 켜고 등을 찾았다. 아무것도 없었다. 부엌이 완전히 텅 비어 있었다. 벽장에도, 찬장에도, 지하 저장고에도 아무것도 없었다. 위층도 다락까지 모두 텅 비어 있었다. 가게까지도.

"우라질!"

비즐리 씨는 무슨 영문인지 몰라서 어리둥절하기만 했다. 너무 당황스러워 화도 사그라졌다.

누군가 문을 두드리며 그를 찾았다.

기대했던 필든 판사가 아니라 샘 헌트였다.

"오늘 마차 가득 물건을 실어 올 거라는 말을 들었는데, 그것들도 팔 생각이 있지 않을까 싶어서 왔네. 가게를 포함해서 내가 오늘 전부 다 샀어. 대지는 값이 별로 안 나가지만 후하게 쳐 줬지."

샘이 느긋하게 말했다.

비즐리 씨는 사색이 돼서 헌트 씨를 보았다.

"이 가게를 샀다니, 누구한테 샀다는 건가?"

"그야 당연히 주인에게 샀지! 비즐리 부인한테 그 자리에서 현금을 지불했네. 자물쇠, 재고 상품, 통까지 가게를 통째로 샀어. 소, 말, 닭, 고양이도 샀고. 마차도 이제 자네 것이 아닐세. 자네 옷가지는 저기 저 트렁크에 담아 놨네. 자네 물건은 그대로 쓰게. 자네도 자금이 좀 필요할 테니."

대단한 선심이라도 쓰듯이 마지막 말을 남기고 헌트 씨가 떠났다.

비즐리 씨는 다시 차고로 갔다. 이웃 사람들을 찾아가 더 알아보고 싶은 마음은 조금도 없었다.

그는 비즐리 부인이 여동생의 집에 갔으리라고 믿어 의심 치 않았다.

'재산이 자기 이름으로 되어 있는 사실을 이용해서 감히 나를 등쳐 먹을 생각을 하다니.' 샘 헌트가 부추긴 게 틀림없었다. 그는 이런 일을 공모한 그들을 고소할 생각이었다.

그는 다음 날 복수하겠다고 되뇌며, 건초 더미에서 잠을 청했다.

뒤숭숭한 심기에 아침 일찍 잠이 깬 그는 마차에서 꺼낸 비스킷으로 아침을 때웠다.

그러고 나서 험악한 표정으로 마을을 향해 걸음을 옮겼다. 마차를 탄 사람들이 지나가다 히죽거리며 타라고 했지만 거절했다. 그는 이른 시간, 마을에 있는 아내 소유의 집에 도착했다. 아내의 여동생이 문을 열었다.

"아니, 이렇게 일찍 무슨 일이에요?" 그의 처제가 문손잡이를 잡은 채로 물었다.

"내 식구들을 데리러 왔어. 남자는 어쨌거나 자기 가족에 대한 권리가 있다는 걸 알아 두라고."

"윌리엄 비즐리 씨, 이 집엔 당신 가족이 아무도 없어요. 거짓말이 아니에요. 난 거짓말쟁이라는 말을 들어 본 적이 없어요. 원한다면 들어와서 찾아봐요. 하숙하는 사람들이 일어난 뒤에요."

"그럼 내 마누라는 어디 있어?" 그가 물었다.

"몰라요, 다행스럽게도. 언니를 쉽게 찾진 못할 것 같네요.”

그녀가 덧붙여 말할 때, 그는 다른 말 없이 돌아섰다.

아침나절에 비즐리 씨는 필든 판사의 사무실에 나타났다.

“비즐리 부인이 집을 나갔어요? 얘기하는 걸 깜박 잊고 어디 다니러 갔겠죠.”

판사가 친절하게 말했다.

“그 일뿐만이 아닙니다. 판사님, 이런 경우 제 권리를 알고 싶습니다. 은행에 다녀왔는데, 집사람이 돈을 다 빼 갔습니다. 제 돈까지 한 푼도 남기지 않고요.”

“그건 아내분 재산이 아니었나요, 비즐리 씨?”

“집사람 것도 있고 아닌 것도 있었습니다. 결혼하고 나서 제가 번 돈을 모두 은행에 넣어 두었죠. 아시겠지만, 전 샀다가 되파는 식으로 수차례 투자를 해서 상당한 돈을 벌었습니다.”

“도대체 어떻게 아내분이 비즐리 씨 돈을 은행에서 인출할 수 있었을까요?”

필든 판사가 물었다.

“그게, 예금을 집사람 이름으로 했거든요. 사업상 그랬습니다. 이해하시죠?”

“아, 네. 알 것 같습니다. 음, 그 문제에 대해선 비즐리 씨가 취할 수 있는 뾰족한 방법이 없는 것 같군요. 엄밀히 말하면, 비즐리 씨가 증여한 돈을 아내분이 인출해 간 것이니 문제가 없지 않습니까.”

비즐리 씨가 판사의 말을 끊고 끼어들었다. “그 여자가 가게도 팔았습니다! 재고 상품이며 세간이며 전부 다 팔았어요. 그 여자가 그럴 수는 없는 거 아닙니까?”

“아내분이 그랬다면, 그건 좀 지나친 처사가 아닌가 싶군요. 소송을 제기해서 비즐리 씨가 기여한 부분에 대한 몫을 받을 수 있을 겁니다. 가게는 물론 비즐리 씨가 관리했죠?"

"그 여편네가 어디 있는지 알기만 하면……. 한데 그 여자가 감쪽같이 사라졌습니다. 아이들까지요." 비즐리 씨가 손으로 갈아 으깨는 동작을 하면서 천천히 말했다.

"만일 부인이 계속 돌아오지 않으면 직무 유기가 됩니다. 그러면 비즐리 씨의 해결책은 분명하죠. 일정 시간이 지난 뒤에 헤어질 수 있습니다. 다른 주에 가서 한동안 살면 이혼할 수 있습니다. 하지만 뉴욕주에 있어서는 안 되죠. 뉴욕에 있으면서, 아내분이 어디 있는지 모른다면, 당신이 할 수 있는 일은 없을 겁니다. 탐정을 고용할 생각인가요?"

판사가 사무적으로 말했다.

"아뇨, 아직은 그럴 생각이 없습니다."

그가 벌떡 일어났다.

"저기 로런스 양이 있어요. 저 여자가 뭔가 알 겁니다."

그는 그녀를 쫓아 뛰쳐나갔다.

그녀가 우아한 차림으로 차분하게 미소를 띠며 작은 사무실로 들어왔다.

"로런스 양, 제 아내가 어디 있는지 알죠?"

그가 다그치듯 물었다.

"네."

그녀가 선선히 대답했다.

"아, 어디 있어요?"

"그건 말씀드릴 수 없습니다, 비즐리 씨. 하지만 저를 통해서 아내분께 연락을 취하실 수 있습니다. 그리고 제가 무엇이든 당면한 문제를 처리해 드리겠습니다. 부인이 저를 변호사로 선임했으니까요."

필든 판사의 작은 눈이 반짝 빛났다.

"법에 정통한 변호사가 당신 집에 묵고 있다는 사실을 몰랐나 봅니다. 비즐리 씨, 로런스 양은 뉴욕 최고의 여성 변호사입니다. 휴가 때야 굳이 신분을 밝히고 다니진 않지만."

"이 터무니없는 짓거리 뒤에 당신이 있는 거요?"

격분한 그가 거칠게 몸을 돌리며 말했다.

"비즐리 부인이 제 조언에 따라 행동하고 있느냐는 질문이라면, 맞습니다. 제가 알아보니 부인은 본인이 추정하는 것보다 재산 지분이 더 많은데 그걸 잘 관리하지 못하고 있더군요. 제가 우연찮게 이 지역의 부동산 가치에 대해 알게 되어서 부인을 도울 수 있었습니다. 우리한테 온 좋은 기회를 잡으려면 현금이 많이 필요했는데, 마침 헌트 씨가 우리를 기꺼이 도와주셨습니다."

그는 이를 악물고 끓어오르는 분노를 드러냈다. 하지만 그녀는 전혀 개의치 않았다.

"비즐리 부인한테는 아이들을 데리고 떠나 쉬면서 지금까지와는 전혀 다른 삶을 준비하라고 조언했습니다. 이 문제의 처리는 제게 맡기고요. 재산 문제는 저와 원만히 합의할 수 있을 겁니다."

"무슨 합의요?"

그가 물었다.

"다음과 같이 제안합니다. 만일 당신이 제가 가지고 있는 이 이혼 증서에 서명하고, 아이들에 대한 모든 권리를 포기한 뒤 뉴욕주를 떠나 다른 주에 가서 산다면, 5000달러를 드리겠습니다. 하지만 이 주에 다시 나타날 경우에는 부채를 갚아야 할 겁니다. 그리고 산림 부지 거래에 문제가 좀 있던데, 기억하시죠?"

"꽤 공정한 제안 같군요. 내가 줄곧 말했잖소, 아내분이 산림 부지에 대해 알고 몰아붙이면 당신이 난처해질 거라고. 그러니 이 제안을 받아들이는 편이 나을 것 같습니다."

필든 판사가 말했다.

"그 여편네가 혼자서 뭘 해 먹고 살겠답니까? 앞으로 애들은 어쩌고요? 남자라면 이런 식으로 가족을 포기할 수는 없습니다."

"그 점은 전혀 걱정 안 하셔도 됩니다. 비즐리 부인에게 정정당당하면서도 창창한 계획이 있으니까요. 부인은 본인 소유의 집을 확장해서 하숙을 칠 겁니다. 당신도 아마 아시겠지만. 부인의 여동생은 헌트 씨와 결혼할 거고요. 아이들도 제대로 교육할 테니 가족 걱정은 하실 필요 없습니다."

"그럼 나는요? 내가…… . 아내하고 얘기할 수는 없을까요?"

"제가 제 의뢰인에게 한 조언은, 바로 당신을 만나지 말라는 것이었습니다. 부인은 올여름을 조용하고 쾌적한 데서 보내려고 떠났습니다. 부인은 한동안 푹 쉬어야 하니, 이런 사소한 문제는 감정 소모 없이 저하고 풀어 주셨으면 합니다."

"조용한 데 가서 여름을 보내고, 집을 확장하고, 그 부동산에서 저보다 훨씬 더 많은 걸 찾아내셨나 봅니다."

그가 비웃었다.

"그럴지도 모르죠. 여기 합의서가 있습니다. 제안을 받아들일지 말지 결정하세요."

그녀가 거침없이 말했다.

"받아들이지 않으면? 그러면 뭘 어쩔 거요?"

"아무것도 안 할 겁니다. 다만 정 여기서 계속 살아야겠다면 직접 일해서 빚을 갚아야 할 겁니다. 그러려면 친구나 이웃 밑에 들어가야겠죠."

비즐리 씨는 창밖을 내다보았다. 그의 친구들과 이웃들이 헌트의 가게 주변에 웅성웅성 모여서, 새로운 이야기가 나올 때마다 허벅지를 탁탁 치며 와자지껄 웃어 댔다.

필든 판사가 냉담하게 웃으면서 내리닫이창을 들어 올렸다.

"먼지 하나 없이 깨끗하더라고! 발부리에 차일 고양이 한 마리 없더라니까! 소리쳐 불러도 들을 사람 하나 없고! 매타작을 당할 애도 없고! 먹을거리는 말할 필요도 없지! 자네들도 그자가 문을 쾅쾅 두드리는 소리를 들었어야 하는데!"

스터지스 블랙의 거친 목소리가 들려왔다.

"하숙인을 들인 것도 안사람을 괴롭히려고 그런 거야. 해도 해도 너무한다 싶었어." 샘 와일리 노인이 떠들어 댔다.

"뭐, 그치는 늘 한 방만 노렸어요. 제 손으로 일하기보다 아내 재산으로 투기하는 데 더 능했죠. 하지만 이제 그치도 일을 구해야 할 거예요." 호러스 존슨이 말했다.

"일을 구할 수나 있겠나. 이 지역에선 힘들걸. 샘 헌트가 받아 준다면야 모르지만." 와일리가 다시 소리 높여 말했다.

"준비했다는 서류 갖고 있소? 서명하리다." 비즐리 씨가 거칠게 말했다.

# 반전

　부드러운 카펫이 깔리고 두툼한 커튼이 쳐지고 호화로운 가구가 갖춰진 방에서, 마로너 부인이 널찍하고 푹신한 침대에 엎드려 흐느꼈다.

　그녀는 북받치는 슬픔에 숨이 넘어갈 듯 참담하게 흐느꼈다. 두 손을 꽉 쥐고, 두 어깨를 들썩거리며 발작적으로 떨었다. 화려한 드레스도, 그보다 더 화려한 침대보도 실컷 쓸 겨를이 없었다. 품위도, 자제력도, 자존심도 잊었다. 그녀의 마음속에서는 무지막지하고 믿기 힘든 두려움과 헤아릴 수 없는 상실감, 온갖 감정이 사납게 들끓었다.

　보스턴 태생으로 점잖게 기품을 잃지 않고 살아온 그녀는 자신이 한꺼번에 수많은 생각에 빠지고 격정적인 감정에 휩쓸리게 되리라고는 꿈에도 생각지 못했다.

　그녀는 사나운 감정을 가라앉히고 생각을 하려고 했다. 그런 감정이 어디에서 비롯되었는지 생각하고, 자제심을 찾으려 했다. 하지만 그럴 수 없었다. 소녀 시절 어느 여름, 요크 비치에서 큰 파도에 휩쓸리며 수면 위로 떠오를 수 없었던 꿈찍한 순간이 어렴풋이 떠올랐다.

카펫도 깔려 있지 않고, 커튼은 얇고, 변변한 가구도 없는
지붕 아래 방에서, 게르타 페테르센은 좁고 딱딱한 침대에 누
워 흐느꼈다.

그녀는 여주인보다 체격이 크고, 단단하고 강해 보였다.
하지만 하염없이 눈물을 흘리며 괴로움에 몸부림치는 그녀에
게서 당당한 아가씨의 모습은 찾아볼 수 없었다. 그녀는 감정
을 추스르려 하지 않고 두 시간 내내 울었다.

마로너 부인이 더 오래되고 아마도 더 깊었을 사랑이 속
절없이 무너지고 부서진 것에 고통스러워하고 있다면, 그녀
의 취향이 더 고상하고, 그녀의 이상이 더 숭고하며, 그녀가
격렬한 질투심과 짓밟힌 자존심 때문에 아픔을 견디고 있다
면, 게르타는 참고 견뎌야 할 수치심과, 절망적인 미래와, 감
당하기 힘들 만큼 두렵고 무서운 현재에 직면해 있었다.

조금의 흐트러짐도 없이 정돈된 그 집에 처음 왔을 때, 열
여덟 살의 게르타는 온순한 어린 여신 같았다. 강하고, 아름답
고, 온정이 넘치고, 진솔하고, 순종적이었다. 무지하고 어린애
같은 면이 있기는 했지만.

솔직히 마로너 씨는 그녀에게 감탄했고, 그의 아내도 마
찬가지였다. 두 사람은 오랫동안 쌓아 온 절대적인 신뢰를 바
탕으로, 그녀의 완벽해 보이는 모습과 부족해 보이는 모습에
대해 이야기를 나누었다. 마로너 부인은 질투심이 많은 여자
가 아니었다. 지금까지 살아오면서 질투 때문에 힘들었던 적
은 한 번도 없었다.

게르타는 그들 부부의 집에 머물며 그들의 생활 방식을 배웠다. 부부는 둘 다 그녀를 진심으로 아꼈다. 요리사까지도 그녀를 좋아했다. 그녀는 무엇이든 "기꺼이" 했고, 유별나게 잘 배웠고 순응적이었다. 일찍이 가르치는 일을 했던 마로너 부인은 얼마간 그녀를 교육할 생각도 했다.

"그렇게 유순한 애는 본 적이 없어. 집에서 부리는 아이로는 완벽한데, 한 가지 흠이라 할 만한 게 있어. 속수무책으로 남을 잘 믿는다는 거야."

마로너 부인은 자주 이렇게 말했다.

게르타는 정말 그랬다. 볼이 발그레한 큰 아기 같았다. 겉모습은 다분히 어른스러웠지만, 속은 도움이 필요한 아기 같았다. 땋아 늘인 차분한 금색의 풍성한 머리, 짙푸른 눈, 강해 보이는 어깨, 길쭉길쭉 단단한 팔다리는 태곳적 땅의 정령 같아 보였다. 하지만 그녀는 아무것도 모르는 순진한 어린애였다.

마로너 씨는 회사 일로 해외에 나가야 할 때마다, 아내를 두고 떠나는 것을 아쉬워하면서도, 시중을 들어 줄 게르타가 아내 곁에 있어 마음이 놓인다고 얘기했었다. 게르타가 잘 보살펴 줄 거라며.

"게르타, 부인을 잘 모시거라. 늦어도 한 달 안에는 돌아올 테니, 잘 보살펴 드려."

출장을 떠나는 날, 마로너 씨가 아침을 먹으며 그녀에게 말했다.

그러고는 아내를 돌아보며 웃었다.

"당신도 게르타를 잘 돌봐 줘. 돌아왔을 때는 게르타가 대학에 갈 준비가 되어 있길 기대할게."

그때가 일곱 달 전이었다. 일 때문에 그의 귀국이 몇 주씩

미뤄지다가 몇 달이 훌쩍 지나갔다. 그는 아내에게 애정 어린 긴 편지를 자주 썼다. 집에 돌아갈 날이 자꾸 미뤄져 무척 안타깝지만, 수익이 큰 일이라 어쩔 수 없다며 이해도 구하고, 아내의 폭넓은 자질을 자랑스러워하기도 했다. 그녀의 아량과 균형 잡힌 사고와 다양한 관심사를.

그는 편지에서 말했다.

"만일 내가 입장권에 언급된 '불가항력 조항' 중 하나에 따라 당신이 그리는 세계에서 제외되더라도, 나는 당신이 완전히 좌절하리라고 생각하지 않아. 그렇게 생각하니 마음이 한결 편안해. 당신의 삶은 아주 풍요롭고 폭넓어서, 누군가를 잃는다 해도, 심지어 대단한 사람을 잃는다 해도 당신은 꿋꿋할 거야. 하지만 그런 일은 절대 일어나선 안 되겠지. 이번 일만 잘 해결되면 3주 뒤에는 집에 돌아갈 수 있어. 그러면 당신이 정말 아름다운 모습으로 나를 맞아 주겠지. 내가 아주 잘 알고, 또 아주 사랑하는 열렬한 눈빛과 홍조 띤 얼굴로. 사랑하는 나의 아내! 그때 우리 새로이 허니문을 떠나자. 한 달에 한 번씩 다른 달이 나오는데 달콤한 허니문을 또 가지 못할 이유가 뭐 있겠어?"

그는 종종 "어린애 같은 게르타"의 안부를 물었고, 이따금 그 애에게 보내는 그림엽서를 동봉했고, "그 아이"를 가르치려는 아내의 힘겨운 노력에 대해 우스갯말도 했다. 그는 참으로 다정하고, 유쾌하고, 사려 깊었다.

한 손으로는 가장자리에 섬세한 자수가 놓인 폭이 넓은 시트 자락을 움켜잡고, 다른 한 손으로는 눈물에 흠뻑 젖은 손수건을 쥔 채 엎드린 마로너 부인의 머릿속에 지난 모든 일이 스쳐 갔다.

마로너 부인은 게르타를 가르치려고 애써 왔다. 아둔하지만 끈기 있고, 성품이 다정한 아이에게 정이 많이 들더랬다. 그 아이는 빠르지는 않지만 손으로 하는 일에 재주가 있었다. 그리고 1주일마다 가계부 정리도 할 수 있게 되었다. 하지만 박사 학위가 있고 한때 대학 교수였던 여자에게 그 정도 가르치는 일은 아기를 돌보는 것과 같았다.

어쩌면 그녀 자신이 낳은 아이가 없어서 그 큰 아이를 더욱 사랑하게 됐는지도 몰랐다. 열다섯 살 차이밖에 나지 않았지만.

물론 그 여자아이에게 그녀는 대단한 어른처럼 보였고, 그 아이의 어린 마음은 이 새로운 땅에서 자기가 더없이 편하게 지낼 수 있게끔 돌봐 주는 그녀에 대한 감사로 가득했다.

그러던 차에 그녀는 아이의 밝은 얼굴에 그늘이 생긴 것을 알아차렸다. 아이는 걱정이 있는 듯 불안하고 초조해 보였다. 초인종이 울리면 흠칫 놀란 얼굴로 황급히 문으로 달려가곤 했다. 늘 반갑게 맞이하는 방문 판매원을 마주하고 서서 이야기를 나누는 문가에서는 더 이상 그 아이의 거리낌 없는 웃음소리가 터지지 않았다.

게르타에게 남자들을 대할 때 신중하게 행동해야 한다고 가르쳐 왔던 마로너 부인은 마침내 자신의 말이 효과를 나타내는 모양이라고 흡족해했다. 한편으로는 아이가 향수병에 걸린 게 아닌가 하는 생각이 들었지만, 그건 아니라고 했다. 어디가 아픈가 하는 생각도 들었지만, 그 또한 아니라고 했다. 마로너 부인은 급기야 아이가 아니라고 할 수 없는 일을 생각해 냈다.

한참 동안 그녀는 그런 생각을 밀어내면서 기다렸다. 그리고 얼마 후 그 생각을 확신할 수밖에 없었지만, 그래도 참고 이해하려 했다.

"가여운 아이, 마냥 어리숙하고 순종적인 아이가 엄마도 없이 타국에서 얼마나 외롭겠어. 저 애를 너무 몰아붙여선 안 돼."

그녀는 스스로에게 말하면서, 지혜롭고 다정한 말로 그 아이의 신뢰를 얻으려 애썼다.

하지만 게르타는 그녀의 발밑에 무릎을 꿇고 앉아 머리를 조아리고는 눈물을 줄줄 흘리면서 자신을 내쫓지 말아 달라고만 애원했었다. 아무것도 인정하려 하지 않고 아무것도 솔직하게 털어놓지 않고서, 자신을 데리고만 있어 준다면, 목숨이 다할 때까지 마로너 부인을 위해 일하겠다고 울며불며 약속했다.

마로너 부인은 그 일을 신중하게 생각하고 또 생각하면서, 어쨌거나 당분간은 그 애를 데리고 있어야겠다고 생각했다. 진심으로 도와주려 애썼건만 뒤통수를 맞은 듯한 느낌을 억누르려 애썼다. 그런 나약함에 대해 언제나 느꼈던 차가운 분노와 경멸스러운 마음 또한 애써 억눌렀다.

"이제 내가 할 일은 그 아이가 탈 없이 이 일을 견디도록 도와주는 거야. 그 애의 삶이 돌이킬 수 없이 더 힘들어져서는 안 돼. 블리트 박사에게 물어봐야겠군. 이럴 땐 여성 의사가 얼마나 편한지! 일이 잘 마무리될 때까지, 내가 저 불쌍하고 어리석은 것을 지켜 줘야지. 그런 다음에 어떻게든 아기와 함께 저 애를 스웨덴으로 돌려보내 주자. 얄궂기도 하지, 아기가 그토록 원하는 이한테는 찾아오지 않고, 원하지 않는 이에겐 찾아가다니!"

마로너 부인은 정적이 감도는 널찍하고 아름다운 집에 홀로 앉아 중얼거렸다. 게르타를 부러워하기까지 하면서.

그러고 나서 그 폭풍이 불어닥쳤다.

마로너 부인이 저녁 무렵 바람을 쐬고 오라고 그 아이를 내보냈을 때, 뒤늦게 우편물이 왔고, 그녀가 그것을 직접 받았다. 한 통은 남편이 그녀에게 보낸 편지였다. 소인과 우표, 타이핑한 글씨체가 익숙했다. 그녀는 어스레한 집 안에서 충동적으로 편지에 입을 맞추었다. 마로너 부인이 남편한테서 온 편지에 입을 맞추리라고 생각하는 사람은 아무도 없겠지만, 그녀는 자주 그렇게 했다.

그녀는 다른 우편물을 훑어보았다. 한 통은 게르타 앞으로 왔는데, 스웨덴에서 온 것이 아니었다. 그녀 자신에게 온 편지와 거의 흡사해 보였다. 이상하다는 생각이 들었지만, 전에도 마로너 씨가 그 아이에게 짧은 편지나 엽서를 보낸 적이 몇 번 있었다. 그녀는 그 편지를 장식장 위에 올려놓고는 자신에게 온 편지를 들고 방으로 갔다.

편지는 "가여운 내 아이."라는 말로 시작되었다. 그녀가 보낸 편지 중에 이런 말을 들을 만큼 슬픈 내용이 있었던가?

"당신이 보낸 소식에 걱정이 깊어."

그녀가 써 보낸 어떤 소식이 그렇게 걱정스럽다는 걸까?

"용감하게 견뎌 내야 해, 어린 아가씨. 이제 곧 돌아갈 테니, 그때 내가 잘 보살펴 줄게. 급한 문제는 없길 바라고, 말하지 않길 바라. 혹시 필요할지 몰라서 돈을 보내. 늦어도 한 달 안에는 집으로 돌아갈 수 있을 거야. 만일 떠나야 한다면, 꼭 내 사무실에 주소를 남겨 줘. 기운 내고, 용기를 가져. 내가 지켜 줄 테니까."

타이핑한 편지였다. 그건 이상할 게 없었다. 그런데 서명이 없는 것은 이상했다. 50달러짜리 미국 지폐가 동봉되어 있는 점도. 그녀가 남편한테서 받았던 그 어떤 편지와도 달랐고, 남편이 썼으리라 상상할 수 있는 그 어떤 편지와도 달랐다. 집에 물이 차오르는 것처럼, 묘하게 싸늘한 느낌이 스멀스멀 기어 올라왔다.

그녀는 자꾸 까닥거리며 고개를 드는 생각들을 단호하게 물리치려, 머리 밖으로 밀어내려, 꾹꾹 억누르려 애썼다. 하지만 이상한 생각을 끝내 물리칠 수 없었고, 아래층으로 내려가 게르타에게 온 편지를 집어 들었다. 그러고는 두 통의 편지를 반들반들한 검은색 탁자 위에 나란히 올려놓고, 피아노로 가서 연주했다. 그 애가 돌아올 때까지 아무 생각도 하지 않으려고, 건반을 정확히 누르는 일에 집중하면서. 그 애가 들어왔을 때, 마로너 부인은 조용히 일어나 탁자 옆으로 갔다.

"여기 너한테 편지가 왔어."

게르타는 성큼 앞으로 나섰다가 나란히 놓인 두 통의 편지를 보고는 머뭇거리며 여주인에게 시선을 돌렸다.

"게르타, 너한테 온 편지를 뜯어 봐."

여자아이가 겁에 질린 눈으로 마로너 부인을 보았다.

"어서 읽어 봐, 여기서."

마로너 부인이 말했다.

"아, 부인. 안 돼요! 제발, 그러라고 하지 마세요!"

"왜 안 되지?"

그 자리에서 편지를 뜯어 보면 안 될 이유는 아무리 생각해도 없어 보였다. 게르타는 얼굴이 새빨개져 편지를 뜯었다. 게르타는 긴 내용을 보고 어리둥절한 표정으로 "사랑하는 내

86

아내에게."로 시작되는 편지를 천천히 읽었다.

"그게 네 편지 맞니? 이게 너한테 쓴 거 아니야? 그건 나한테 쓴 거고."

마로너 부인이 다른 편지를 내밀었다.

"잘못 온 거야."

마로너 부인이 이상하리만치 차분하게 말을 이었다. 어쨌거나 자신의 사회적 위치를, 그리고 어떤 일이든 적절히 해결하는 평상시의 예리한 분별력을 잃었는데도 말이다. 이것은 현실이 아니었다. 악몽이었다.

"무슨 말인지 모르겠니? 네 편지가 내게 보낸 봉투에 들어 있고, 내 편지는 네게 보낸 봉투에 들어 있다고. 이제 알겠니?"

하지만 가여운 게르타의 머릿속에는 다른 생각이 들어설 틈이 없었다. 그렇게 큰 고통에 빠진 채로 정상적인 상태를 유지할 수 있을 만큼 단련된 내공이 없었다. 극도의 고통에 압도당해 헤어날 수 없었다. 곧 폭발할 거센 분노를 앞에 두고, 넘치도록 차오를 보이지 않는 분노의 동굴을 앞에 두고, 자신을 내리 덮칠 창백한 불꽃을 앞에 두고, 그 아이는 한껏 웅크렸다.

"가서 짐을 싸라. 오늘 밤 내 집에서 나가. 이건 네 돈이야."

마로너 부인이 50달러짜리 지폐와 한 달 치 월급을 내려놓았다. 고통 속에서 괴로워하는 두 눈을 동정하는 빛은 눈곱만큼도 없었다. 그 두 눈에서 흘러내린 눈물이 바닥에 떨어지는 소리를 들으면서도.

"네 방에 가서 짐을 싸."

마로너 부인의 말에, 언제나 말을 잘 듣던 게르타는 방으로 갔다.

마로너 부인도 자기 방으로 가서 침대에 얼굴을 묻고 누워 얼마나 지났는지 모를 만큼 시간을 보냈다.

그러나 결혼하기 전 28년 동안 그녀가 배운 것들, 학생으로 교수로 보낸 대학 생활, 스스로 이루어 낸 독립적인 성장이 게르타의 마음속 슬픔과는 전연 다른 슬픔의 배경이 되었다.

얼마 후 마로너 부인은 일어나서 따뜻한 물에 몸을 담갔다가 찬물로 샤워를 하면서, 격렬하게 몸을 씻어 대며 중얼거렸다.

"이제 생각할 수 있어."

먼저 그녀는 당장 떠나라고 했던 말을 후회하면서, 정말 떠났는지 알아보려고 꼭대기 층으로 올라갔다. 가여운 게르타! 폭풍처럼 휘몰아친 극도의 고통에 휩쓸렸던 게르타는 결국 어린애로 돌아가 잠들어 있었다. 그 아이는 눈물에 젖은 베개 위에서 여전히 서글프게 흐느끼며 이따금 몸서리를 쳤다.

마로너 부인은 서서 게르타를 내려다보며, 그 얼굴에서 어쩔 수 없이 드러나는 사랑스러움과, 아직 여물지 않은 무방비 상태의 모습과, 그 애를 너무나 매력적으로 만들면서 동시에 너무 쉽게 피해자로 만드는 온순함과 고분고분한 성향에 대해 생각했다. 또 그 아이에게 휘몰아친 강력한 힘과 지금 그 아이를 탈진하게 만든 엄청난 과정에 대해 생각했고, 그 아이가 했었을지도 모르는 저항이 얼마나 가련하고 덧없어 보이는지도 생각했다.

그녀는 조용히 자신의 방으로 돌아와 벽난로에 불을 지피고 그 옆에 앉았다. 그리고 이전에 자꾸 고개를 드는 생각을 인정하지 않으려 했던 것처럼, 이번에는 자신의 감정을 뒷전으로 밀어 두려 했다.

두 여자와 한 남자가 있었다. 한 여자는 사랑하고, 신뢰하는, 다정한 아내였다. 또 한 여자는 사랑하고, 신뢰하는, 다정한 하인이었다. 스웨덴에서 온 이주자로서 독립적으로 살 수 없었던 그 어린 여자는 어떠한 친절에도 고마워했고, 여렸으며, 교육을 받지 못했고, 어린애 같았다. 물론 그녀는 유혹을 물리쳤어야 했다. 하지만 한 치의 의심도 없이 신뢰하는 사람이 우정이라는 가면을 쓰고 유혹해 올 때, 그것이 유혹인지 우정인지 분간하기가 얼마나 어려운지 마로너 부인은 잘 알았다.

식품점 점원이 유혹했다면 게르타는 당차게 저항했을지도 모른다. 실제로 마로너 부인의 충고에 따라 그런 유혹을 뿌리친 적도 몇 차례 있었다. 하지만 마땅히 존경해야 하는 경우라면, 어떻게 그 애를 비난할 수 있겠는가? 마땅히 순종해야 하는 경우라면, 어떻게 그 애가 거부할 수 있었겠는가? 무지한 탓에, 너무 늦어 버릴 때까지 맹목적으로 믿었다면.

나이가 더 많고 세상을 더 잘 아는 여자로서, 그 애의 잘못을 이해하고 헤아리게 되면서, 그리고 그 애의 망가진 미래를 예견하면서, 마로너 부인의 마음속에 새로운 감정이 강력하면서도 분명하게, 억누를 수 없이 차올랐다. 이런 일을 저지른 남자에 대한 이루 말할 수 없는 원망이. 그는 알고 있었다. 간파하고 있었다. 자신의 행동이 어떤 결과를 가져올지 충분히 예견하고 가늠할 수 있었다. 순진하고, 무지하고, 고마워하며 따르고, 타고나길 온순한 성격이라는 사실을 알고도 남았다. 다 알면서 그런 점을 의도적으로 이용했다.

마로너 부인이 냉철하게 이성적으로 생각하기 시작하면

서, 그녀가 제정신으로는 견딜 수 없을 듯했던 고통의 시간들
이 아득히 멀어진 것처럼 보였다. 그는 아내인 그녀와 한집에
살면서 그런 짓을 저질렀다. 그는 더 어린 여자를 솔직하게 사
랑하지도 않았고, 아내와 헤어지고 다시 결혼할 마음도 없었
다. 그럴 마음이 있었다면, 그 또한 가슴 아픈 일이었으리라.
하지만 이것은 또 다른 이야기였다.

비열하고, 냉정하고, 주도면밀하고, 서명 없는 그 편지도,
수표보다 훨씬 더 안전한 그 지폐도 사랑이 아니라는 사실을
분명히 말해 주었다. 더러는 동시에 두 여자를 사랑할 수 있는
남자들도 있다. 하지만 이것은 사랑이 아니었다.

그의 아내로서 스스로에게 느꼈던 마로너 부인의 연민과
분노는 어느새 게르타에 대한 연민과 분노로 바뀌었다. 밝게
빛나는 순수한 청춘의 아름다움, 결혼을 하고 엄마가 되는 행
복한 생활에 대한 희망, 당당한 독립, 그러한 것들이 그 남자
에게는 아무것도 아니었다. 그는 자신만의 쾌락을 위해 게르
타한테서 삶의 가장 큰 기쁨들을 빼앗으려 한 것이었다.

그는 편지에서 '그 애를 보살펴 주겠다.'라고 썼다. 어떻
게? 무슨 자격으로?

그의 아내인 자기 자신과 피해자인 게르타에 대한 감정들
이 동시에 물밀듯 밀려들면서, 마로너 부인은 말 그대로 벌떡
일어섰다. 그러고는 고개를 꼿꼿이 세우고 걸음을 옮기면서
말했다.

"이건 남자가 여자에게 죄를 지은 거야. 여자에게, 어머니
에게, 그리고 그 아이에게도 죄를 지은 거야."

마로너 부인이 걸음을 멈추었다.

그 아이. 그의 아이. 그는 아이의 출생을 떳떳하지 못하게

만들어 아이에게마저 피해를 주고 상처를 입히게 되었다.

마로너 부인은 뉴잉글랜드의 엄격한 가문 출신이었다. 그녀는 칼뱅교[10]도 유니테리언교[11]도 아니었지만, 그녀의 영혼에는 칼뱅주의의 강인함이 깃들어 있었다. 대부분의 사람들이 "하느님의 영광을 위해서" 비난을 무릅쓰고 지켰던 굳은 신념이 있었다.

설교하면서 동시에 실천했던, 가장 높은 경지의 종교적 신념에 따라 엄격하게 삶을 이어 갔던 선조들이 그녀를 뒷받침하고 있었다. 휘몰아치는 감정의 소용돌이 속에서 그들은 "신념"을 얻었고, 이후 그 신념에 따라 살고 죽었다.

마로너 씨는 답장을 기대하지 않고, 편지를 보내고는 바로 출발해 몇 주 뒤 집에 도착했다. 그래도 전보는 보냈는데 부두에서 아내의 모습은 찾을 수 없었다. 집마저 캄캄하게 닫혀 있었다. 그는 직접 현관 열쇠로 문을 열고 들어가, 아내를 놀래 주려고 살그머니 위층으로 올라갔다.

아내는 거기에 없었다.

그는 종을 울렸다. 대답하는 하인이 아무도 없었다.

방마다 불을 켜고 샅샅이 뒤졌지만 집은 텅 비어 있었다. 부엌은 티끌 하나 없이 깨끗했고 온기라고는 없었다. 그는 주방에서 나와 천천히 계단을 올라가면서 아연실색했다. 온 집안이 깨끗하게 흐트러짐 하나 없이 정돈된 채 완전히 텅 비어

---

10  프랑스 종교 개혁가 장 칼뱅(Jean Calvin, 1509~1564)의 교리를 신봉하는 기독교의 한 파. 신의 절대적 권위를 강조하고 예정설을 주장했으며, 신앙 생활에서는 자기를 신의 영광을 위한 도구로 보았다.

11  삼위일체론과 그리스도의 신성을 부정하며 신격의 단일성을 주장하는 기독교의 한 파.

있었다.

아내가 알게 된 것이 틀림없다는 생각이 들었다.

그래도 성급한 확신은 아닐까? 섣불리 넘겨짚을 일이 아니었다. 어쩌면 아내는 병이 났을지도 몰랐다. 죽었을지도 모르고. 그는 화들짝 놀라며 벌떡 일어섰다. 아니, 그랬다면 그에게 전보를 보냈을 것이다. 그는 다시 앉았다.

어떤 변화가 생겨 소식을 알리고자 했다면, 그녀가 그에게 편지를 썼을 터다. 혹시 그녀가 편지를 보냈는데, 갑자기 돌아오는 바람에 받지 못한 것은 아닐까. 그렇게 생각하니 그나마 마음이 놓였다. 틀림없이 그랬으리라. 그는 전화기로 향하려다 다시 멈칫했다. 만일 그녀가 알았다면, 말 한마디 없이 아주 떠나 버렸다면, 그가 직접 그 사실을 친구와 가족에게 알려야 하나?

그는 거실을 이리저리 걸으면서 혹시라도 어떤 말을 전하는 편지나 쪽지가 있지는 않은지 구석구석을 뒤졌다. 몇 번이고 전화기로 다가서다 번번이 멈추었다. "제 아내가 어디 있는지 아십니까?"라고 차마 물어볼 수가 없었다.

조화롭고 아름다운 방들의 모습을 보면, 말도 못 하고 속수무책으로 죽은 사람의 얼굴을 하고 초연한 웃음을 지었을 그녀의 모습이 떠올랐다. 그는 불을 껐다. 하지만 어둠을 참을 수 없어서 다시 방마다 불을 다 켜 놓았다.

기나긴 밤이었다.

그는 아침 일찍 사무실에 나갔다. 쌓여 있는 우편물 속에 그녀가 보낸 편지는 없었다. 아무도 특별히 아는 것이 없어 보였다. 한 친구가 아내의 안부를 물었다.

"자네가 돌아와서 굉장히 좋아하겠군, 그렇지?"

그는 어물쩍 대답했다.

11시쯤 한 남자가 그를 만나러 왔다. 그녀의 사촌이자 변호사인 존 힐이었다. 마로너 씨는 애당초 그를 좋아한 적이 없었지만, 이번에는 더욱더 그가 탐탁지 않았다. 힐 씨가 편지한 통을 불쑥 내밀며 "직접 이 편지를 전해 달라는 요청을 받았습니다."라고 말하고는 그대로 돌아갔기 때문이었다. 역겨운 일을 처리해 달라는 요청을 받고 찾아온 사람처럼.

"난 그 집을 나왔어요. 게르타는 내가 돌볼게요. 잘 살아요, 매리언."

그게 전부였다. 편지에는 날짜도, 주소도, 소인도, 아무것도 없었다.

걱정과 불안 속에서 그는 게르타에 관해서는 깨끗이 잊고 있었다. 속에서 분노가 일며 그 애의 이름이 떠올랐다. 그 애가 자기들 부부 사이에 끼어들어 그의 아내를 빼앗아 간 것이었다. 그는 그렇게 생각했다.

처음에 그는 아무 말도 하지 않고, 아무것도 하지 않고, 혼자 집에 틀어박혀 지냈다. 밖에 나가 끼니를 때울 때 사람들이 아내에 대해 물으면, 그는 요양차 여행을 떠났다고 대답했다. 그러니 신문에 아내를 찾는 광고를 낼 수도 없었다. 그렇게 시간만 하염없이 흘러가고 아무것도 알아내지 못하자, 그는 더는 참지 못하고 해결 방법을 찾았다. 탐정들을 고용한 것이었다. 탐정들은 왜 좀 더 일찍 일을 맡기지 않았느냐고 그를 탓하면서, 비밀리에 마로너 부인을 추적했다.

그는 아무리 찾아도 오리무중이었는데, 그들은 전혀 어려울 게 없는 듯 보였다. 그녀의 "과거"에 대한 꼼꼼한 질문을 통해 그녀가 어디에서 공부했는지, 어디에서 어떤 분야를 가르쳤는지 알아냈다. 또한 그녀 자신의 돈이 꽤 많았다는 사실과 그녀의 주치의가 조지핀 L. 블리트 박사라는 사실 등 여러 자질구레한 정보까지 알아냈다.

오랫동안 면밀히 추적한 결과, 그들은 마침내 그녀가 예전에 함께 일했던 어느 교수 밑에서 가르치는 일을 다시 시작했고, 하숙을 치면서 조용히 살고 있음을 알아냈다. 그리고 그녀가 사는 마을과 집의 번지수를 그에게 알려 주었다. 그런 정보를 찾아내는 일은 조금도 어렵지 않았다는 듯이.

이른 봄에 돌아왔던 그는 가을이 되어서야 그녀를 찾아냈다.

언덕 위에 있는 조용한 대학가 마을의 가로수가 우거진 넓은 길을 따라가다 보니, 나무와 꽃이 있는 풀밭 위로 예쁜 집이 나타났다. 흰색 문 위 선명하게 보이는 번지수가 그가 손에 쥔 주소와 같았다. 그는 쭉 뻗은 자갈길을 올라가 초인종을 눌렀다. 나이가 지긋한 하녀가 문을 열었다.

"여기가 마로너 부인의 집입니까?"

"아닌데요."

"28번지 맞죠?"

"네, 맞아요."

"여기 누가 삽니까?"

"휠링 양이 사세요."

아! 그도 들은 적이 있지만 까맣게 잊었던, 그녀의 결혼 전 성이었다. 그가 안으로 들어서며 말했다.

"그분을 좀 뵙고 싶은데요."

그는 조용한 거실로 안내되었다. 상쾌한 거실에 그녀가 제일 좋아했던 꽃의 향기가 은은히 풍겼다. 그의 눈에 눈물이

맺혔다. 함께했던 몇 년간의 행복이 떠올랐다. 진정으로 그의 사람이 되기 전 간절히 그녀를 열망했던 시절부터, 깊고도 아름다운, 변함없는 그녀의 사랑을 얻었던 시절까지.

분명히 그녀는 그를 용서할 터였다. 틀림없이 용서하리라. 겸허하게 뉘우치고 있다는 솔직한 마음과 새 사람이 되기로 한 확고한 결심을 전할 참이었으니까.

폭이 넓은 문을 지나 두 여자가 다가왔다. 한 여자는 키가 큰 성모 마리아처럼 품에 아기를 안고 있었다.

매리언은 창백한 얼굴로 보아 속으로는 긴장한 기색이 역력했지만, 차분하고, 침착하고, 한없이 냉정해 보였다.

게르타는 이제 지성을 갖춘 달라진 얼굴로 방어하듯 아이를 안고서, 파란 두 눈으로 그가 아니라 그녀의 친구를 주시했다. 흠모하는 눈빛으로.

그는 말없이 두 여자를 번갈아 보았다.

이윽고 그의 아내였던 여자가 조용히 물었다.

"우리한테 무슨 할 말이 있나요?"

# 발상의 전환

"응애애애! 응애애애!"

프랭크 고딘스가 커피 잔을 탁 내려놓는 바람에 받침 접시로 커피가 흘러넘쳤다.

"저 애 좀 안 울게 할 수 없어?"

그가 다그쳐 물었다.

"뾰족한 수가 없어요."

그의 아내가 또박또박 깍듯하게 말했다. 마치 기계에서 잘려 나오는 말 같았다.

"난 안 울게 할 수 있는데." 그의 어머니가 더 또박또박, 하지만 더 딱딱하게 말했다.

젊은 고딘스 부인은 섬세한 눈썹 아래로 시어머니를 보았다. 아무 말도 하지 않고. 하지만 며칠 밤을 거의 뜬눈으로 지새우다시피 한 그녀의 눈가에는 지친 기색이 역력했다.

그도 그랬고, 사실은 그의 어머니도 마찬가지였다. 같이 아기를 돌본 것은 아니었지만, 자신이 손자를 봐 줄 수 있기를 바라면서 잠을 이루지 못했다.

"아기를 저렇게 울릴 필요가 전혀 없어, 프랭크. 줄리아만 허락하면 내가……."

"그런 말씀은 하서 봐야 소용없어요. 프랭크가 아기 엄마에게 만족하지 못한다면 그렇다고 말해야 해요. 그러면 아마 방법을 바꿔 볼 수도 있겠죠."

줄리아의 말투는 불길할 만큼 차분했다. 줄리아의 신경은 폭발 직전이었다. 옆방에서 들려오는 신경을 긁는 울음소리가 피곤에 지친 엄마의 두 귀와 예민한 심장에 얼얼하게 파고들었다. 그녀의 귀는 언제나 민감했다. 결혼 전 그녀는 피아노와 바이올린을 아주 잘 가르치는 열정적인 음악가였다. 어떤 엄마에게든 아이의 울음소리는 괴롭겠지만, 음악에 민감한 귀를 가진 엄마에게 아기의 울음소리는 고통과도 같다.

그녀의 두 귀가 민감한 것처럼, 그녀의 양심 또한 그러했다. 신경은 약할지 몰라도 자존심은 강했다. 그 아이는 그녀의 아기였다. 아기를 돌보는 것은 그녀의 의무였고, 그녀는 그 의무를 충실히 해내려고 애썼다. 아기를 돌보면서, 날마다 집을 깔끔하게 관리하는 일도 게을리하지 않았다. 그러다 보니 잠을 못 자고 피로가 쌓이면서, 그녀의 밤은 마냥 길어졌다.

칭얼대던 소리가 울부짖는 소리로 바뀌었다.

"이제 애 다루는 법을 바꿀 때가 되지 않았니?"

나이 든 여자가 매섭게 말했다.

"집을 바꿀 때가 됐는지도 모르죠."

젊은 여자가 지극히 차분한 소리로 대답했다.

"그래, 더는 못 참아! 뭐가 됐든 바꾸자고. 당장!"

아들이자 남편인 남자가 일어나면서 말했다.

그의 어머니 또한 일어나서 고개를 꼿꼿이 들고 방을 나갔다. 아들의 말에는 일언반구도 없이.

프랭크 고딘스는 아내를 노려보았다. 그의 신경 또한 날카로웠다. 며칠 밤 내리 못 자면, 누구든 건강이나 성격이 좋아질 리 없다. 배웠다는 일부 사람들은 고문의 한 방법으로 잠을 못 자게 하기도 한다.

줄리아는 기계적인 차분한 모습으로 커피를 저으면서 멍하니 받침잔을 내려다보았다.

"어머니께 그런 식으로 말하는 건 못 참아."

그가 완고하게 말했다.

"나도 어머님이 내 양육 방식에 간섭하시는 건 못 참아요."

"당신 방식! 아, 줄리아! 애 키우는 방식에 대해 말하자면, 어머니는 앞으로 당신이 배울 것보다 더 많이 아셔. 아기를 정말 좋아하시는 데다 실제로 키워 보신 경험도 있고. 어머니께 좀 맡기면 안 돼? 그러면 우리 모두 평화로워질 텐데!"

줄리아는 눈을 치켜뜨고 남편을 노려보면서 헤아리기 힘든 분노의 빛을 드러냈다. 프랭크는 아내의 심리 상태를 티끌만큼도 이해하지 못했다. 사람들이 피곤해서 "미칠 지경"이라고 하면 정말로 그렇다는 뜻이다. 이성을 "왕좌에서 비틀거리는" 것으로 묘사한 옛말 또한 분명 그런 뜻이고.

줄리아는 가족이 상상하는 것 이상으로 끔찍한 재앙의 문턱 가까이에 있었다. 그런 상태는 조금도 이상할 것 없고 아주 당연하고 불가피했다.

프랭크 고딘스는 자식을 맹목적으로 사랑하는 유능한 어머니의 외동아들로 고생을 모르고 자랐다. 그런 그가 고운 마음과 아름다운 미모를 겸비한 젊은 음악 선생과 절절한 사랑에 빠졌고, 그의 어머니도 그녀를 반가이 받아들였다. 그의 어머니 또한 음악을 좋아했고 아름다움에 감탄했다.

모아 놓은 돈이 별로 없는 그의 어머니는 따로 집을 구해 살 형편이 되지 않았다. 줄리아는 그런 시어머니에게 선뜻 같이 살자고 했다.

그들은 서로를 아끼고 예의를 지키며 평화롭게 살았다. 젊은 아내의 고결한 헌신이 있었기에 가능했던 일이었다. 그녀는 남편을 열렬히 사랑했고, 그래서 세계적인 훌륭한 음악가가 되고자 했던 꿈마저 포기할 수 있었다! 그렇게 음악과 연주를 포기하고 몇 달이 지났고, 그녀는 자신이 생각하는 것보다 훨씬 더 많이 음악을 그리워했다.

그녀는 그들의 작은 아파트를 예쁘게 꾸미고 관리하는 데 전념했다. 하지만 그녀가 아무리 애써도 안 되는 일이 계속 생겼고, 그녀는 자신이 세운 기준을 유지하기가 어렵다는 사실을 깨달았다. 음악적 재능이 있다고 해서 반드시 살림 수완이 좋다거나 어려움을 잘 참는 것은 아니었다.

아기가 태어났을 때, 그녀의 마음은 절대적 헌신과 감사로 가득 찼다. 그의 아내로서, 그의 아이의 엄마로서. 행복한 마음이 부풀어 오르고 뻗어 나가 그녀의 사랑과 자부심과 행복을 음악으로, 자유롭게 쏟아져 나오는 말의 흐름으로 내뿜을 수 있기를 점점 더 갈망하기에 이르렀다. 그녀는 말재주가 없었다.

그래서 지금 그녀는 말없이 남편을 바라보았다. 그러는 동안 헤어지고, 몰래 달아나고, 심지어 자살까지 하는 이런저런 터무니없는 상상이 어지럽게 그녀의 머릿속을 오갔다. 하지만 그녀의 입에서 나온 말은 고작 "좋아요, 프랭크. 이제 바꾸도록 해요. 그러면 당신 마음이 좀 편해질 테니."였다.

"그래 준다니 정말 고마워, 줄리아! 많이 피곤해 보이는데, 우리 울보 아기는 어머니께 맡기고 잠깐이라도 눈 좀 붙여. 알았지?"

"네, 그래요……. 그래야겠어."

그녀의 목소리에 묘한 기운이 감돌았다. 프랭크가 정신과 의사였다면, 아니 일반 의사였더라도 그 점을 알아차렸으리라. 그러나 그의 일은 전기 코일, 발전기, 구리선을 다루는 것이지 여자의 마음을 헤아리는 게 아니었다. 그는 이상한 점을 전혀 눈치채지 못했다.

그는 아내에게 키스하고 밖으로 나가 두 어깨를 펴고 안도의 숨을 길게 내쉬었다. 그리고 집을 뒤로하고 그 자신의 세계로 들어갔다.

'결혼해서 아이를 낳아 기르는 이런 삶은 권할 만한 게 아니야.'

그의 마음 한구석에서 그런 생각이 떠올랐다. 하지만 전적으로 그렇게 생각하지는 않았기에 좀처럼 밖으로 드러내지는 않았다.

친구가 "다들 잘 지내시지?"라고 물으면, 그는 "그럼, 잘 지내고말고. 고맙네. 아이가 툭하면 울긴 하지만, 그야 당연한 일 아닌가." 하고 대답했다.

그는 집에 대한 생각을 모두 밀어내고, 남자의 일에 신경을 쏟았다. 어떻게 하면 아내와 어머니와 아들을 부양할 돈을 많이 벌 수 있을까 생각하면서.

집에서는 그의 어머니가 자신의 작은 방에 앉아서 '승강기 통로' 맞은편의 젖빛 유리창 밖을 내다보며 골똘히 생각에 잠겨 있었다.

그리고 그의 아내는 어수선한 아침 식탁 앞에 망부석처럼 앉아 있었다. 두 손으로 턱을 괴고, 큰 눈으로 멍하니 허공을 보면서, 지친 머리로 자기가 생각하는 바를 해서는 안 되는 이유를 찾아내려 애쓰고 있었다. 하지만 너무 지쳐서 적당한 이유를 찾아낼 수 없었다.

잠, 잠, 잠. 지금 줄리아가 원하는 것은 잠뿐이었다. 시어머니에게 아기를 맡기면 시어머니는 바라 마지않던 일을 할 수 있고, 프랭크는 평화를 얻을 수 있다……. 아이쿠, 이런! 아이를 목욕시킬 시간이었다.

줄리아는 기계적으로 아기를 씻겼다. 그리고 시간에 맞춰 멸균 우유를 준비하고, 아기를 편안히 눕힌 뒤 우유병을 물려 주고, 뒹굴뒹굴하면서 우유를 먹는 아기를 지켜보았다.

그녀는 목욕통을 비우고, 목욕 앞치마를 말리고, 아기를 목욕시킬 때 쓴 도구와 스펀지와 수건을 치웠다. 그러고는 앉아서 멍하니 앞을 보았다. 몸은 그 어느 때보다 지쳤지만, 결심은 점점 굳어졌다.

그레타가 쿵쿵거리며 식탁을 치우고, 부엌에 가서 덜그럭거리며 설거지를 했다. 그릇이 부딪치는 소리가 날 때마다 젊은 엄마는 움찔 놀랐다. 그 여자애가 설거지를 하면서 단조로운 선율의 구슬픈 노래를 부르기 시작했을 때, 젊은 고딘스 부인은 몸서리를 치며 일어났다. 그리고 결심을 굳혔다.

그녀는 조심스럽게 아이를 안고 우유병을 집어 든 뒤 아기를 할머니 방으로 데려갔다.

"앨버트 좀 봐 주시겠어요? 전 잠을 좀 자야 할 것 같아요."

줄리아가 생기 없이 조용하게 말했다.

"아, 얼마든지 그러마."

시어머니가 정중한 말투로 차갑게 대답했지만, 줄리아는 알아채지 못했다. 그녀는 아기를 침대에 눕히고, 여전히 기운 없는 모습으로 한동안 서서 보다가, 아무 말 없이 방을 나갔다.

나이 든 고딘스 부인은 한참 동안 앉아서 아기를 지켜보았다.

"어쩜 이렇게 사랑스러울까!"

그녀는 아기의 발그레한 얼굴을 흐뭇하게 내려다보며 나지막이 말했다.

"내가 아기를 봐 준다고 문제될 것이 뭐 있어! 저 애 생각이 너무 고지식한 거지. 저 애는 아기를 너무 제 기분대로 키워! 어떻게 한 시간 동안이나 울게 놔둘 생각을 한담! 엄마가 그러니 애가 불안해 할 수밖에. 그리고 꼭 목욕을 시키고 나서 우유를 먹일 건 뭐야. 그럴 필요가 뭐 있다고."

며느리가 아기를 키우는 방식을 못마땅해하면서, 나이 든 고딘스 부인은 아기의 앙증맞은 입에서 빈 우유병을 빼냈다. 아기는 몇 차례 입을 오물거리며 우유 빠는 시늉을 하더니 조용히 잠이 들었다.

"나는 절대 안 울리고 돌봐 줄 수 있어! 이런 아기 스무 명은 봐 줄 수 있지. 그것도 즐겁게! 어디 가서 애 봐 주는 일을 해 볼까. 줄리아도 쉽게 할 겸. 정말 거처를 바꿔야겠군!"

그녀는 몸을 천천히 앞뒤로 흔들며 혼잣말을 했다.

이런 계획을 세우면서 그녀는 마음이 벅차올랐다. 잠든 동안이라도 손자와 함께 있음이 기뻤다.

그레타는 볼일을 보러 나가고 없었다. 온 집 안이 조용했다. 나이 든 고딘스 부인이 갑자기 고개를 들고 킁킁거리며 냄새를 맡더니, 황급히 일어나서 가스 밸브가 있는 곳으로 갔다. 거기서는 아무 냄새도 나지 않았고, 밸브는 단단히 잠겨 있었다. 그녀는 다시 식탁이 있는 데로 갔다. 그곳도 아무 이상이 없었다.

'덜렁이 그레타가 가스레인지를 켜 놓고 나가서 가스가 새는 모양이군!'

이렇게 생각하며 그녀는 부엌으로 갔다. 거기도 아니었다. 부엌은 말끔하니 깨끗했고, 불이 켜진 화구도 없었다.

'이상하네! 통로에서 냄새가 들어오는 건가?'

그녀는 문을 열었다. 거기도 아니었다. 언제나처럼 지하실에서 올라오는 냄새만 났다. 그러면 거실인가? 거기도 아무 문제 없었다. 임대 중개인이 "음악실"로 쓰면 되겠다고 했던, 줄리아의 피아노와 바이올린이 있는 작은 방도 별다르지 않았다. 피아노와 바이올린에 뽀얗게 먼지만 쌓였을 뿐.

"줄리아 방에서 나는 냄새야. 지금 자고 있는데!"

나이 든 고딘스 부인이 문을 열려고 했지만 안에서 잠겨 있었다. 노크를 해도 대답이 없었다. 문을 쾅쾅 두드리고, 흔들고, 덜컥덜컥 손잡이를 돌려 봐도 아무 대답이 없었다.

고딘스 부인은 다급히 생각했다.

'사고일지도 몰라. 그러니 아무도 알아선 안 돼. 프랭크도 몰라야 해. 그레타가 외출한 게 다행이군. 어떻게든 방으로 들어가야 하는데!'

그녀는 문 위로 난 채광창과 프랭크가 줄리아를 위해 칸막이 커튼을 치면서 설치한 막대 봉을 올려다보았다.

"다른 방법이 없다면, 저기로 들어갈 수밖에."

한창때 그녀는 매우 활동적인 여성이었다. 하지만 젊은

시절 운동을 제법 했다는 기억만으로 채광창을 넘어 방에 들어갈 수는 없었다. 그녀는 허둥지둥 발판 사다리를 가져와서 그 위로 올라가 방 안을 들여다보았다. 그리고 방 안을 본 그녀는 무모한 결심을 했다.

그녀는 작지만 힘센 두 손으로 막대 봉을 움켜잡고, 대담하게 채광창 안으로 가벼운 몸을 들이밀었다. 그리고 어설프지만 용케 몸을 돌려 펄쩍 뛰어내렸다. 바닥에 몸을 약간 찧었지만 그녀는 부리나케 일어나 창문과 문을 열어젖혔다.

줄리아가 눈을 떴을 때, 품에 자신을 안은 시어머니의 사려 깊고 다정한 위로의 말이 들려왔다.

"아무 말도 하지 말거라, 애야. 난 이해한다. 이해해. 정말이야! 아휴, 안쓰럽기도 하지. 소중한 내 며느리! 우리가 너한테 정말 무심했다. 프랭크하고 내가! 하지만 이제 기운 내렴. 내가 아주 기막힌 계획을 말해 줄 테니! 우리 삶이 달라질 거다! 자, 들어 봐라!"

나이 든 고딘스 부인은 조용히 누워 있는 창백한 얼굴의 젊은 엄마를 토닥이며, 멋진 계획들에 대해 이야기를 나누고 결정을 내렸다.

프랭크 고딘스는 아기가 더는 "울어 대지 않아서" 좋다고 아내에게 말했다.

"그래요, 어머님이 아기를 잘 봐 주고 계세요."

줄리아가 상냥하게 말했다.

"당신이 알게 될 줄 알았어." 그가 보란 듯이 말했다.

"그래요! 이제 깨달았어요! 아주 많은 것을!"

그녀가 맞장구쳤다.

그는 아내의 건강이 좋아진 점도 기뻤다. 아주 기뻤다. 그녀의 얼굴은 발그레한 복숭앗빛으로 다시 생기가 돌았고, 두 눈은 부드러운 광채를 띠었다. 아기가 깨지 않도록 문을 닫고, 저녁에 줄리아가 그를 위해 부드러운 음악을 연주할 때면, 그는 마치 연애 시절로 돌아간 것 같은 기분을 느꼈다.

발소리가 쿵쿵 울리던 그레타가 떠나고, 그 대신 나이 지긋한 프랑스 부인이 날마다 출근해서 집안일을 했다. 프랭크는 그 부인의 특이한 점에 대해 아무것도 묻지 않았다. 그 부인이 어떻게 식재료를 구입하고, 식단을 짜고, 그에게 큰 기쁨을 주는 여러 가지 새롭고 맛있는 식사를 준비하는지 전혀 몰랐다. 그 부인이 전에 있던 그레타보다 급료를 더 많이 받는다는 사실도 몰랐다. 그는 매주 똑같은 액수의 생활비를 건넸을 뿐, 상세한 것은 묻지 않았다.

그는 어머니 또한 활기를 되찾은 듯 보여서 기뻤다. 그가 어릴 때 알았던 어머니처럼, 고딘스 부인은 쾌활하고, 유쾌하고, 재미있는 이야깃거리가 끊이지 않았다. 무엇보다 줄리아에게 너그럽고 다정한 어머니가 프랭크는 참으로 좋았다.

"사는 재미가 그런 거야! 자네들은 뭘 놓치는지도 모르고 있어!"

그가 미혼인 친구들에게 말했다. 그리고 자신이 사는 모습을 보여 주기 위해서 친구를 저녁 식사에 초대했다.

"1주일에 35달러로 이렇게 산다고?"

그의 친구가 물었다.

"대략 그 정도 들지."

그가 당당하게 대답했다.

"음, 자네 아내가 대단한 살림꾼이라는 말밖에 달리 할 말이 없군. 그리고 자네 집 요리사는 정말 최고야. 5달러로 그렇게 훌륭한 음식을 준비하다니! 그 돈으로 그렇게 맛있는 음식을 만들어 내는 요리사는 듣도 보도 못했네."

프랭크는 마냥 기쁘고 자랑스러웠다. 하지만 다른 친구가 불쾌할 만큼 솔직하게 "프랭크, 난 자네가 안사람을 내몰아서 음악 레슨을 하게 했다고는 생각하지 않아."라고 말했을 때는 기쁘지도 자랑스럽지도 않았다.

그는 친구에게 놀란 모습을 보이거나 화난 기색을 드러내지 않았다. 그런 감정은 아내에게 터트릴 작정이었다. 친구의 말에 너무 놀라고 화가 난 그는 평소엔 전혀 안 하던 일을 했다. 이른 오후에 일터에서 나와 집으로 향했던 것이다. 그가 아파트 문을 열고 들어갔을 때 안에는 아무도 없었다. 방마다 돌아다녔지만 아내도, 아기도, 어머니도, 집안일을 하는 부인도 없었다.

프랭크가 쿵쿵거리며 문을 여닫는 소리를 듣고, 엘리베이터 보이 찰스가 싱글거렸다. 프랭크가 밖으로 나가자 찰스가 묻지도 않은 말을 했다.

"선생님, 젊은 고딘스 부인은 나가셨어요. 나이 드신 고딘스 부인하고 아기는 위에 있고요. 아마 옥상에 계실 거예요."

프랭크는 옥상으로 올라갔다. 그의 어머니와 웃음 띤 보모와 열다섯 명의 행복해 보이는 아기들이 있었다.

나이 든 고딘스 부인이 얼른 일어나 아들을 맞았다.

"프랭크, 우리 아기 동산에 온 걸 환영한다. 네가 일찍 퇴근해서 이곳을 볼 수 있게 돼 좋구나."

그녀가 쾌활하게 말했다.

그녀는 아들의 팔을 잡고 이리저리로 이끌면서, 햇빛이 밝게 비추는 옥상 정원, 모래 더미, 안쪽에 함석을 붙여 만든

물웅덩이, 꽃나무, 시소, 그네, 바닥에 깐 매트리스 들을 자랑스럽게 보여 주었다.

"아기들이 얼마나 좋아하는지 봐. 잠깐 동안 셀리아한테 아이들을 맡겨야겠다."

그러고 나서 고딘스 부인은 날씨가 좋지 않을 때 아기들이 낮잠을 자거나 놀이를 할 수 있도록 개조해 놓은 옥상을 두루 보여 주었다.

"줄리아는 어디 있어요?"

그가 처음으로 물었다.

"줄리아는 곧 올 거야. 5시쯤에. 다른 아기 엄마들도 그때쯤 올 거고. 내가 9시나 10시부터 5시까지 아기들을 봐 주거든."

그는 화도 나고 마음이 상하기도 해서 아무 말 하지 않았다.

"프랭크, 네가 좋아하지 않을 걸 알고 애초에 말하지 않은 거야. 우리는 계획대로 잘될 줄 알았지. 위층은 내가 세를 얻었다. 우리 집하고 똑같이 한 달에 40달러에. 셀리아한테 주급으로 5달러를 주고, 아래층 홀브룩 박사한테도 사랑스러운 아기들을 돌봐 주는 대가로 1주일에 5달러씩 드리지. 그분 덕분에 아기들을 모을 수 있었거든. 아기 엄마들은 보모를 구하는 대신 1주일에 3달러씩 내고 나한테 아기를 맡긴다. 그러면 난 받은 돈에서 매주 10달러씩 줄리아한테 생활비로 주고. 그러고도 내 여웃돈이 10달러쯤 된단다."

"그리고 줄리아는 음악 레슨을 하고요?"

"그래, 예전처럼 음악 레슨을 하지. 줄리아는 그 일을 아주 좋아해. 그 애가 요즘 얼마나 기분 좋게 잘 지내고 건강한

지 너도 알아챘을 거야. 안 그러니? 나도 그렇고, 앨버트도 마찬가지고. 우리 모두 이렇게 만족스러워하는데, 왜 속상해하니?"

그때 생기 넘치는 환한 얼굴의 줄리아가 바이올렛 한 다발을 가슴에 안고 가벼운 발걸음으로 들어왔다.

"어머니, 티켓을 구했어요. 저녁에 셀리아가 와서 아기를 봐 준다면, 우리 모두 멜바[12]의 노래를 들으러 갈 수 있어요!"

줄리아가 남편을 보았다. 그리고 책망하는 듯한 그의 눈빛에 미안한 듯 얼굴을 붉혔다.

그녀는 남편의 목을 끌어안고 말했다.

"프랭크, 제발 뭐라고 하지 마요! 이런 생활을 받아들여 줘요! 우리를 자랑스럽게 여겨 줘요! 우리 모두 행복하다는 것만 생각해요. 게다가 우리 수입이 1주일에 100달러나 돼요. 어머니한테 생활비로 받는 10달러까지 하면 내 여윳돈이 20달러가 넘는다고요!"

그들은 그날 저녁 오래도록 이야기를 나누었다. 단둘이서. 줄리아는 비로소 남편에게 그들의 결혼 생활이 어떤 위기에 닥쳤더랬는지를 이야기했다.

"어머님이 그 위기에서 빠져나올 수 있는 길을 가르쳐 주셨어요. 내가 다시 기운을 차릴 수 있는 길을, 그리고 당신을 잃지 않을 수 있는 길을! 어머님도 아기들을 돌보면서 활력을 찾고 다른 사람이 되셨어요. 앨버트도 잘 크고! 그리고 당신도 좋아했잖아요. 상황을 알기 전까지는!

여보, 내 사랑은 당신뿐이에요. 난 이제 조금도 힘들지 않

---

12    넬리 멜바(Nellie Melba, 1861~1931): 오스트레일리아의 소프라노.

아요! 내 가정을 사랑하고, 내 일을 사랑하고, 어머님을 사랑하고, 당신을 사랑해요. 그리고 아이 얘기를 하자면, 여섯쯤 낳고 싶어요!"

그는 장밋빛으로 물든 사랑스러운 아내의 얼굴을 물끄러미 바라보다 와락 끌어안고 말했다.

"어머님도 당신도 그렇게 좋다면, 나도 참을 수 있을 것 같아."

그리고 몇 년이 지난 뒤 사람들은 그가 이렇게 말하는 소리를 들었다.

"결혼해서 아이들 낳아 키우는 일은 어려울 게 하나도 없어. 요령만 터득하면!"

# 영문학과 학과장

　　어윈 맨체스터 박사가 리처드 빌 박사의 부인을 찾아갔다. 어윈과 리처드 모두 박사였다. 의학 박사나 신학 박사, 혹은 다른 박사는 아니었지만 말이다. 일반 사람들은 그들을 교수라고 불렀지만, 에버턴 대학 '교수진'에서는 직함을 깐깐하게 따졌다.

　　맨체스터 박사는 곤란한 임무를 걸머진 사람 같은 얼굴로 의자 앞으로 약간 나앉아 있었고, 젊은 빌 부인은 조용히 앉아서 미소를 지으며 그를 골똘히 바라보고 있었다.

　　"제가 오래 망설이다 왔다는 사실을 아시리라 믿습니다. 오로지 부인에 대한 관심에서, 그러니까 부인이 편하고 행복하게 사셨으면 하는 진심 어린 염려에서, 그리고 자녀분들이 행복하길 바라고 우리 대학이 잘되길 바라는 마음에서 이렇게 찾아왔습니다."

　　그는 다소 마음이 복잡한 듯 더듬거리면서 신중하게 어휘를 골랐다. 그가 그녀에 대한 관심에서 왔다고 했을 때 그녀가 곧이곧대로 받아들이는 표정을 짓자, 그는 곧바로 범위를 넓혀 이런저런 이유를 댔다. 아이들과 대학까지 들먹이면서 그는 다시 침착함을 찾은 듯 보였다.

"부디 저를 믿어 주시길 바랍니다."

"제가 왜 박사님을 믿지 않겠어요? 박사님은 항상 우리에게, 그리고 대학에 우호적인 관심을 보여 주시잖아요. 물론 좀 놀란 건 사실이지만, 정말로 전 이해해요."

그녀는 설핏 웃음을 지어 보이며 상냥하게 대답했다.

잠시 정적이 흐른 뒤, 그녀가 부추기듯 덧붙였다.

"맨체스터 박사님이 얼마나 애쓰고 계신지 알겠어요. 친구로서, 신사로서, 박사님이 이런 일로 저를 찾아오시는 게 쉽지는 않았겠죠. 이 의자에 앉아 주시겠어요?"

그녀가 그다지 밝지 않은 긴 방의 다른 쪽 끝으로 가면서 큼직한 안락의자를 가리켰다. 의자 뒤로는 화려한 수가 놓인, 꽤 키가 큰 일본식 병풍이 서 있었다.

"보시다시피 병풍 덕분에 작은 방 같은 공간이 생겨요. 그래서 아주 조용하죠." 이렇게 말하면서 그녀는 창가에 놓인 낮은 흔들의자에 앉았다.

격자무늬 현관문 밖에는 장미가 탐스럽게 늘어져 있었고, 벌 소리와 이따금 벌새 소리가 나지막이 단조롭게 들려왔다. 그가 그녀의 남편과 나이 지긋한 학장의 새 아내인 아름다운 로시터 부인과 관련하여 의심스러운, 혹은 그 이상인 문제에 대해 이야기하는 동안, 그녀는 조용히 앉아 쉴 새 없이 손가락을 움직여 수를 놓으며 그의 말에 귀를 기울였다. 그리고 이따금 질문을 했다.

"저는 아직은 그렇게 심각하지 않으리라고 봅니다, 빌 부인. 부인을 안다면, 그 어떤 남자도 부인을 완전히 잊을 수는 없을 테니까요. 하지만 인간의 본성은 나약하고, 우리는 아주 친밀하게 서로 부딪히며 살아가고 있습니다. 로시터 부인이 매력적인 건 부인할 수 없는 사실이죠. 그분도 상처를 주려는 마음은 없었을 겁니다."

"이번 여름에 우리가 여길 떠나면, 그 관계가 자연스럽게 깨지리라고 생각하지 않으세요?"

그녀가 물었다.

"아, 그럼요. 의심할 여지가 없죠. 당장 깨지진 않겠지만요. 환경이 바뀌고 부인이 남편 옆에 계시면, 더 마음 아파지는 일은 결코 없을 겁니다. 빌 부인, 저는 경계가 곧 경비라고 생각합니다."

그녀는 생각에 잠긴 채 골무를 낀 손가락으로 창문틀을 톡톡 치며 장미꽃을 내다보았다.

"때로는 환경을 바꾸기만 해도 유혹에 빠진 마음에 놀라운 일이 일어나죠."

그녀가 나직하게 말했다.

"부인이 이렇게 대범하고 이성적이신 걸 보니 다행입니다. 그러실 줄 알았습니다. 제가 그걸 몰랐다면, 감히 여기 올 생각도 못 했을 테니까요. 우리는 언제나 삶에 대해 아주 자유롭게 많은 얘기를 나눠 왔죠. 장담하건대 부인은 지혜롭게 이 위기를 넘기실 수 있을 겁니다."

생각에 잠겨 있던 그녀가 불쑥 말했다.

"맨체스터 박사님, 확실히 하는 게 좋겠어요. 실수할 가능성은 어느 때나 있잖아요. 그러니 좀 더 명확하게 말씀해 주시겠어요? 구체적인 얘기까지 듣고 싶지는 않지만, 그래도 제가 박사님 말을 믿어야 할 근거를 있는 그대로 알아야겠어요. 그렇게 믿으시는 정확한 근거를 말씀해 주시겠어요?"

그가 숨을 길게 들이쉬고 말했다.

"부인께서는 당연히 물으실 권리가 있죠."

뛰어난 연구 실적으로 영문학과 학과장으로 재직 중이고, 가끔 주요 평론지에 유려한 문장의 학술 논문을 발표하는 맨체스터 박사는 어휘 선택에 있어선 능수능란한 전문가였다. 그는 어휘를 신중하게 골라서 정확하게 사용했다. 만일 지금 거론 중인 신사의 직책이 물리학과 학과장이고 그가 지금 하는 것과 비슷한 일을 했더라면, 이렇게까지 잘할 수는 없었으리라.

수를 놓으면서 귀를 기울이던 빌 부인의 안색이 이따금 변했다. 그러는 동안 그녀의 방문객은 상세하게 근거를 댔다. 여기서 듣고 저기서 봤다는 둥, 교수진 사이에 소문이 나면서 어쩔 수 없이 우연히 듣게 됐다는 둥, 별로 너그럽지 않은 사람의 눈에는 두 사람의 관계가 빼도 박도 못할 만큼 확실해 보였다는 말을 들었다는 둥.

"맨체스터 박사님, 이렇게 말씀해 주신 것에 뭐라고 감사드려야 할지 모르겠어요. 아무튼 박사님이 이런 말씀을 해 주신 의도를 제가 잘 알고 있다는 점은 알아주세요."

그녀는 힘없이 웃었다.

그가 가려고 일어섰다.

"감사합니다, 빌 부인. 고통스러웠을 이야기를 넓은 마음과 이해심으로 차분하게 들어 주셔서 정말 감사합니다. 저는 미리 알고 대비하면 어떤 심각한 위험도 피할 수 있으리라 믿습니다. 또 그러기를 바라고요."

혼자 남은 모나 빌 부인은 잘 차려입은 남자가 다소 뻣뻣

하게 정원 밖으로 나가는 모습을 지켜보았다. 그런 뒤 돌아서서 전화기로 향했다.

"게이츠 박사님 계신가요? 아, 박사님이세요? 전화를 받으셔서 정말 다행이에요. 지금 바로 저희 집에 잠깐만 와 주실 수 있어요? 어, 아니에요. 심각한 일은…… 아닐 거예요."

게이츠 박사는 "실제 의사"로, 모나 빌 부인이 모나 윈저였을 때부터, 아니 그녀가 "모나"라는 이름을 얻기 전부터 그녀를 알았던 반백의 노인이었다. 그는 읍내에서 가장 존경받는 의사로서, 대대로 남녀 교수들 집안의 주치의이자 그들의 친구였고, 칼리지 힐에서 가장 유명한 사람이었다.

게이츠 박사가 작지만 묵직하니 길쭉한 작은 가방을 들고 곧바로 달려왔다.

"무슨 일이야, 모나? 아기가 후두염에 걸렸나? 리처드가 가래톳 페스트에 걸렸어? 아니면 어린 리처드가 홍역에 걸렸나? 모나가 아픈 건 아니지?"

"아니에요. 다행히 전 아주 건강해요. 그래도 박사님을 봬야만 했어요. 누가 아프거나 하진 않아요. 하지만 몸에 독이 퍼진 것만 같아요." 모나가 말했다.

그가 그녀를 재빨리 살피면서 밝은 데로 이끌었다. 그러고는 두 손으로 어깨를 잡고 돌려세운 뒤 그녀의 얼굴을 빤히 보았다.

"음! 무슨 일인지 얘기해 봐."

그녀는 황금색 황새들과 백합이 수놓아진 병풍 옆 큰 안락의자로 그를 이끈 뒤 자신은 다시 흔들의자에 앉았다. 이번에는 조용히 있지 않고 긴장한 표정으로 진지하게 속내를 털어놓았다.

"저기, 게이츠 박사님. 박사님은 여기 칼리지 힐 사람들을 다 아시잖아요. 사람들이 무슨 얘기를 하는지, 무슨 일이 일어나고 있는지 말이에요. 그래서 박사님께 뭘 좀 여쭤보려고 하는데, 솔직하게 대답해 주세요. 하긴 늘 솔직하시죠. 언제나 진실을 말씀해 주시는 분이 제 곁에 있어서 마음이 든든해요. 때로는 불편하기도 하지만요.

박사님, 제 남편과 로시터 부인에 대한 얘기를 들었어요. 증거도 꽤 있고, 불륜 관계가 거의 확실하다는 소문이 교수진 사이에 돌고 있다는데, 사실이에요?"

"아니야."

게이츠 박사가 말했다.

그녀는 짧게 거친 숨을 몰아쉬고 의자 뒤로 몸을 기댔다.

"그럴 줄 알았어요. 아닐 줄 알았어요. 그래서 별걱정은 안 했지만, 그래도 확실한 말을 듣고 싶었어요. 박사님, 두 사람이 그런 관계가 아니라고 어떻게 확신하는지 말씀해 주시겠어요?"

그가 걸걸하게 웃으며 대답했다.

"첫째, 그런 일이 있었다면, 칼리지 힐 여기저기서 쑥덕대지 않았겠어? 교수 부인들은 서로의 애정 문제 말고는 얘기할 게 없는 사람들이니까. 로시터 부인은 젊고 아름답고, 모나의 남편은 명성이 아주 높은데 그런 두 사람 사이에 수상쩍은 기미가 조금이라도 있었다면, 그 부인들이 가만히 있을 리가 없었겠지.

둘째, 나는 리처드 빌을 그가 아이였을 때부터 알아 왔어. 모나랑 리처드는 내 가족이나 다름없지. 내가 아는 바로는, 리처드는 아내한테 푹 빠져 있어.

셋째, 로시터의 안사람은 어렸을 때 내가 입양한 아이야. 난 그 가여운 아이를 누구보다 잘 알아. 하지만 그 아이 마음 속에 누가 있는지는 모나한테 말해 줄 수 없어. 그건 모나가 상관할 일이 아니니까. 이만하면 됐나?"

모나는 눈물을 글썽이며 기쁘게 웃는 얼굴로 고개를 끄덕였다.

"조금만 더 말씀해 주세요, 박사님. 리처드가 하크니스 대학에서 임용 제의를 받았는데 여기를 떠나고 싶어 하지 않아요. 아시다시피 여기가 고향이니까요. 우리 둘 다 이곳을 사랑해요. 하지만 만일 우리가 떠난다면, 누가 남편 자리를 대신하게 될지 혹시 아세요?"

게이츠 박사는 잠시 생각에 잠겼다.

"확인된 사실도 아닌데 얘기를 해도 되는지 모르겠군. 대학에서 벌어지는 정치는 쉽게 알 수도 없고 나는 거기에 별로 관심도 없지만, 교수 클럽에서 오가는 얘기를 들은 적은 있지. 한동안 교수들이 프린스턴 출신의 똑똑한 젊은이가 물망에 오르고 있다고 수군대더군. 맨체스터 박사의 처남이라나 사촌이라나. 하지만 리처드한테 그냥 여기 있으라고 해. 우리에게는 리처드가 꼭 필요하니까."

"고마워요, 박사님! 박사님 덕분에 마음이 편해졌어요. 폐를 끼쳐서 죄송해요. 하지만 제 믿음을 뒷받침해 줄 만한 말씀을 듣고 싶었어요."

"폐는 무슨, 괜찮아. 다음에 또 그런 독사의 말을 들으면 무시해 버려. 여기 여자들은 남 얘기 하는 것 말고는 할 일이 없는 사람들이니까 신경도 쓰지 마!"

방에서 나간 게이츠 박사가 정원에서 멈춰 체리처럼 볼이

빨간 어린 도리스와 이야기를 나눴다. 빌 부인은 정겨운 눈길로 그 모습을 보았다. 무작정 앞으로 아장아장 걷는 아이와 그 아이에게 몸을 굽히고 통통한 작은 손을 점잖게 흔드는 반백의 노신사를.

"게이츠 박사님은 참으로 좋은 분이야! 더없이 좋은 분이시지!"

빌 부인이 중얼거렸다.

*

그날 밤, 신경 써서 가운을 골라 입고, 부드러운 머리칼 사이에 노란 장미 핀 두 개를 꽂은 빌 부인은 유난히 눈부셨다. 리처드 빌은 흡족한 눈빛으로 아내를 보았다.

"모나, 당신이 멋 내는 데 큰 욕심이 없어서 다행이야. 나한테도 다행이고, 당신이 목숨을 구해 준 수많은 남자들한테도 다행이고!"

"목숨을 구해 주다뇨! 대체 무슨 말이에요, 리처드?"

"그 핀이 하는 역할과 같은 거지. 먹으면 죽잖아. 모나, 어쨌거나 진심으로……."

그가 그녀를 끌어당겨 무릎에 앉히고, 부드러운 실크 가운과 섬세한 레이스와 홍조 띤 아름다운 얼굴을 감탄하듯 바라보며 말을 이었다.

"진심으로 내 눈엔 당신이 너무 아름다워 보여. 그러니까, 한 남자가 차지하기에는!"

"일처다부제를 하자는 거예요? 어떤 남자들을 추천할 건데요?"

118

그녀가 맞받았다.

"그런 남자들이 있다면 우리 정원이 공동묘지가 되리라는 걸 알잖아, 이 요망한 마나님! 당신을 차지하지 못한 모든 남자들이 딱하긴 하지만, 욕심을 내는 남자가 있다면 그 자리에서 없애 버릴 거야."

그녀는 만족의 긴 한숨을 내쉬면서 남편의 어깨에 얼굴을 묻었다.

"리처드, 어느 정도는 하크니스로 가고 싶은 생각도 있어요?"

"아니, 별로 없어. 나를 원한다는 건 기분 좋은 일이지만 그래도 여기 있고 싶어. 당신이 원한다면 모를까. 당신이 원한다면 당장 하크니스로 갈 거야. 가고 싶어, 모나?"

"아뇨."

그녀가 단호하게 대답했다.

*

바로 다음 날, 리처드 빌 부인은 점잖으면서도 화사하게 옷을 차려입고, 버츠 앤드 헨더슨 법률 사무소의 호러스 버츠 변호사를 찾아갔다. 그녀의 말을 듣는 순간, 그 점잖은 신사는 머리칼이 쭈뼛 서는 것 같았다. 그녀가 그런다면, 그로서는 기뻐할 일이었다. 여담이지만, 그는 그렇게 해 보려고 돈과 시간과 노력을 쏟았지만 허사였다. 그는 이내 기대앉아 있던 회전의자를 빙 돌려 그녀의 얼굴을 똑바로 보았다. 놀란 표정을 감추지도 않고.

"빌 부인, 무슨 뜻인가요?"

"말씀드린 그대로예요, 버츠 씨. 이혼 신청을 하기 위한 서류를 작성해 달라고 부탁하러 왔어요."

"부인께서 딕[13] 빌에게 이혼 소송을 제기한다고요! 제가 두 분을 얼마나 오래 알아 왔는데, 그 말을 믿으라고요!"

"다른 어떤 변호사도 아닌 당신께 의뢰하고 싶어요, 버츠 씨. 하지만 맡지 않겠다고 하시면, 어쩔 수 없이……."

버츠 변호사가 책상 서랍을 열고 펜과 종이를 꺼냈다.

"말도 안 되는 얘기 같지만, 알겠습니다. 계속 말씀해 보세요. 제가 맡겠습니다! 무슨 근거로 소송을 제기하시려는 건가요?"

"법적 효력이 있는 근거가 있어요, 버츠 씨."

그는 펜을 내려놓고 다시 그녀를 빤히 보았다.

"공동 피고를 알 수 있을까요?"

"버츠 씨가 직무상 비밀 유지를 철저히 해 주신다면 말씀드릴게요! 로시터 학장님 부인이에요."

"어떤 증거가 있나요?"

이 대목에서 빌 부인이 더 이상 감정을 억누르지 못하고 눈을 반짝였다.

"증인이 있어요. 공정하고 적격한 증인이에요. 어윈 맨체스터 박사님이죠."

그녀가 조용히 말했다.

버츠 씨는 다시 뒤로 기대앉아 눈을 가늘게 뜨고 그녀를 보았다. 빌 부인은 맨체스터 박사가 찾아와서 했던 말을 간략하게 전했다. 그리고 자신의 남편이 하크니스 대학으로 옮겨

---

13   리처드의 애칭.

가면 생기는 기회, 이런 힘든 일을 자연스럽게 마무리해 줄 그 기회에 대해서도 이야기했다. 또 지난 1, 2년 동안 에버턴 대학에 자리만 생긴다면 언제든 오고 싶어 하는 인물로 꾸준히 이름이 오르내린 프린스턴 출신 신사에 대한 이야기도 했다.

그녀는 침착하게 말을 이었다.

"제 자존심을 지킬 수 있는 유일한 길은 확실한 증언을 확보할 수 있는 이곳에서 지체 없이 소송을 제기하는 것뿐이라고 생각해요."

그녀는 버츠 씨를, 버츠 씨는 그녀를 보았다. 잠시 후 노련한 변호사는 의자에서 일어나 의뢰인과 숙연히 악수를 나누었다.

"빌 부인, 진심으로 위로의 말씀을 드립니다. 제가 즉시 서류를 작성해서 증인 소환 절차를 진행하겠습니다. 우선 그 증인을 만나 보는 것이 좋지 않을까요?"

"저도 그렇게 생각해요."

그녀는 변호사의 말에 순순히 따랐다.

*

『베어울프』[14]나 가경자 비드[15]에 대해 조예가 깊은 사람도 사법 절차에 관해서는 생소할 수 있다. 빌 부인의 응접실에서 버츠 씨가 심각한 표정으로 (거기서 만나리라고는 전혀 예상하

---

14    영국 최고(最古)의 영웅 서사시.

15    비드(Bede, 673?~735)는 성직자이자 역사가로 영국 사학(史學)의 아버지로 불린다.

지 못한) 맨체스터 박사를 마주하고 앉았다. 그리고 무릎 위에 있던, 길게 접힌 서류를 앞으로 내밀었다.

"불편한 일로 뵙게 돼서 유감입니다, 맨체스터 박사님. 리처드 빌 부인께서 로시터 부인을 공동 피고로 이혼 소송을 제기하려 하는데, 부득이 박사님을 증인으로 모셔야 할 것 같습니다."

영문학과 교수는 말문이 막힌 듯 아무 말도 하지 않았다. 하지만 그의 얼굴은 집이 무너지는 소리를 들은 사람 같은 표정을 여실히 드러냈다.

변호사가 말을 이었다.

"이런 난처한 말씀을 드리게 돼서 유감입니다, 맨체스터 박사님. 물론 빌 부인은 저보다 훨씬 더 미안해하시지만, 박사님께서 찾아와 말씀을 해 주셨기 때문에, 이런 과정을 취하는 것이 적절하다고 생각하십니다. 박사님께서 우리가 다른 증인을 확보하도록 도움을 주실 수도 있겠지만, 박사님의 증언만으로도 충분할 것 같습니다."

맨체스터 박사는 얼이 빠진 표정으로 그 무시무시한 '서류들'을 보면서, 영악한 머리를 굴려 자기가 증언할 경우의 결과를 놀랍도록 명석하게 계산해 냈다. 그 뒤 어느 정도 평정을 찾은 그가 빌 부인에게 정중히 말했다.

"친애하는 빌 부인, 부인의 심정에 전적으로 공감합니다. 하지만 제가 친구로서 부인께 말씀드린 것은 법적 증언으로 해석될 여지가 전혀 없다는 점을 아셔야 합니다. 제가 여러 번 말씀드려 아시겠지만, 저는 어떤 실질적인 피해가 발생했다고 생각하진 않았습니다."

그는 점점 자신감을 되찾아 자신이 했던 말을 바꾸고, 다

듣고, 잘라 내고, 수정했다. 그리고 당사자들 모두가 괴로운 상황에서 벗어나기를 바라는 마음에서, 친구로서 심히 걱정이 되어 했던 말이었을 뿐이라고 했다.

빌 부인도, 변호사도 귀를 기울였다. 영어의 대가는 능수능란하게 말장난을 이어 갔다. 이윽고 빌 부인이 일어섰다.

"당연한 일이지만 뜻밖의 요구에 너무 놀라셨는지, 유감스럽게도 제대로 기억을 못 하시는 것 같군요, 맨체스터 박사님. 제가 기억을 되살려 드리겠습니다."

그녀가 금실로 수놓인 병풍을 옆으로 밀었다. 그 뒤, 큰 안락의자 가까이에 딕토그래프[16]가 있었다.

"리처드는 항상 이런 발명품에 관심이 아주 많아요. 가끔은 이런 게 아주 편리하죠."

그녀가 말했다.

빌 부인이 녹음기를 재생했다. 맨체스터 박사는 이틀 전자신의 목소리와 자신이 했던 말을 다시 듣는 즐거움을 누렸다. 버츠 씨 또한 마찬가지였다.

그 뒤 존엄한 법이 실제로 적용되지 않고서도 확실한 효력을 나타냈다. 변호사의 냉정한 눈 아래서, 그가 너무나도 비열한 방법으로 마음 아프게 했던 여자의 매섭고도 확고한 시선 아래서. 맨체스터 박사는 자신의 평판과 지위와 봉급은 물론 다른 보상에 대한 희망마저 멀어지고 있음을 예견하고는 자신의 잘못을 인정하고 그날 했던 말과 전날 했던 말을 모두 취소했다.

변호사와 빌 부인과 딕토그래프 앞에서 맨체스터 박사는

---

16  대화나 소리를 녹음하는 데 사용된 초창기 녹음기.

몸을 낮췄다. 그는 자신이 했던 말을 철회하고 사과했다. 리처드 빌을 떠나게 해서 프린스턴 출신의 친척을 끌어들이려던 것이 본심이었다고 자백했다. 그리고 자신이 한 짓을 밝히지 말아 달라고 애처롭게 간청했다.

"이번 일은 언급하지 않도록 하겠습니다."

버츠 씨가 말했다.

"저도 안 하겠어요. 하지만 녹음 기록은 잘 보관할 겁니다. 맨체스터 박사님, 조만간 또 다른 사람의 일자리를 빼앗으려 하시면, 그보다 먼저 이 일이 알려지리라는 사실을 잊지 말아 주세요."

빌 부인이 말했다.

다음 학기에 영문학과 학과장은 새로운 사람으로 바뀌어 있었다.

# 벌들처럼[17]

"이름이 참 이상하네요."

남자 기자가 말했다.

"다른 한 곳에 비하면 아무것도 아니죠. 알겠지만 비와이즈, 허웨이스, 두 군데가 있잖아요."

여자 기자가 대답했다.

"뭔가 떠오를 듯 말 듯 한데 혹시 아시겠어요? 어떤 인용구인데……."

남자가 물었다.

"알 것 같아요. 하지만 말하지 않을래요. 스스로 생각해 보세요."

여자가 슬며시 웃었다. 하지만 남자의 식견으로는 그 어구를 생각해 낼 수 없었다.

그들 두 사람은 각기 다른 신문사에서 파견된 기자들로 캘리포니아에서 급속히 성장하고 있는 두 소도시를 취재 중

---

17   원제 'Bee-wise'는 'Be wise'를 염두에 둔 언어유희로 읽힌다.

이었다. 두 곳이 어찌나 빠르게 소리 소문 없이 생겼던지, 안정적으로 자리를 잡고 성장을 거듭한 뒤에야 세상 사람들은 그곳들에 뭔가 색다른 점이 있음을 알아차렸다.

거의 한계가 없을 만큼 놀라운 일을 많이 겪는 기자들 세계에서도 이런 일은 있을 성싶지 않았지만, 실제로 일어났다.

한 곳은 해안을 따라 이어진 나지막한 산들을 끼고 있는 벽지의 항구 도시였다. 조금 더 먼저 생긴 또 다른 도시는 나지막한 산들 너머로 두 개울이 흘러내리는 쾌적한 계곡에 있었다. 도시에 아주 요긴한 두 개울은 우기에는 포효하는 하얀 물줄기를 뿜어내며 가파른 협곡을 지나 바다로 흘러갔고, 우기가 지나면 1년 내내 있는 듯 없는 듯 잔잔하게 흘렀다.

남자 기자는 바람직해 보이는 사실은 미화하고, 그의 논조에 모순되는 듯 보이는 사실은 숨기려고 하면서, 최대한 묘사하는 방식으로 기사를 썼다. 그리고 전반적으로 확연히 차이가 나는 남녀 비율과 막연히 의심스럽지만 신비한 아름다움에 관심을 돌리려 애썼다.

두 도시의 놀라운 점은 전체 주민이 대체로 여성과 아이라는 사실이었다. 그중에서도 아이들이 더 많았다. 물론 남자들도 있었고, 그들 또한 흡족하게 사는 듯 보였다. 기자들의 질문에도 친절하게 대답했고. 그들은 두 도시에 지나치게 여성적이거나 특이한 면이 있지는 않다고 말했다. 한 영국 남자는 기자들에게 그곳의 남녀 비율 차이가 영국보다 조금도 크지 않다고 분명하게 대답했다. 또 다른 주민도 "몇몇 성직자들과 삯꾼들 말고는 남자들이 모두 서부나 대도시로 떠나고 시들어 가는 여자들만 남은 뉴잉글랜드의 일부 지역보다도 성별 불균형이 심하지 않다."라고 말했다.

여자 기자는 더 깊이 있게, 대개는 덜 공격적으로 질문했다. 어쨌거나 그녀는 갑작스러운 도시 발전의 진정한 본질을 남자 기자보다 더 많이 알아냈다. 그들 두 기자의 기사가 보도된 후 다른 신문사들도 취재 기자들을 파견하고, 뒤이어 잡지사들이 인상적인 사진과 함께 기사를 싣고, 거기에 방문객과 관광객의 이야기가 보태지면서, 당연히 처음 취재 때 밝혀진 것보다 더 많은 사실들이 알려졌지만, 애초에 본질을 꿰뚫어 본 여자 기자보다 그곳을 더 명확하게 파악한 사람은 없었다. 그때 여자 기자는 허웨이스의 시장이 자신의 옛 대학 친구라는 점을 알게 되었다.

그 이야기는 그녀가 써 보낸 기사보다 훨씬 더 흥미로웠지만, 그녀는 기자이기 이전에 숙녀였고, 비밀 약속을 존중했다.

여자 기자가 갑작스레 대학을 그만두고 생활 전선에 뛰어들어야 했던 해, 그녀가 다니던 대학 강의실에서 모든 것이 시작되었다고 할 수 있었다. 졸업반에는 저마다 개성은 다르지만 근본적인 믿음과 궁극적인 목적은 아주 비슷해서, 소규모 '여학생 클럽'을 만들어 4년 동안 대학 생활을 같이하는 여학생들이 있었다. 비밀을 유지했던 그 모임의 이름은 '모닝 클럽'이었다. 얼마나 순수해 보이는 이름인지! 아무튼 클럽 회원은 모두 강인한 성품의 여학생들로 평생 직업을 갖고자 하는 확고한 목적을 품고 있었다.

그중 모두가 "어머니"라고 부른 여학생은 마음속도 머릿속도 아이들에 대한 생각과 사랑으로 가득 차 있었다. 그래서 아이들을 보살피는 일을 하고 싶어 했다. 그녀와 비슷한 면이 많은 "교사"도 있고, 세 번째로 "간호사"도 있었는데, 이들은 클럽 내에서 소모임을 만들어 끊임없이 토론하고, 장차 유용한 일을 하기 위해 막연하지만 원대한 계획들을 세웠다.

그러고 나서 "목사"와 "의사"가 생겼고, 멀리 보는 눈이 있어 "정치가"라고 불리는 여학생도 나타났다. 그 뒤로 "예술가", "기술자"와 더불어, 툭 터놓고 말해 그들 중에서도 여러모로 두드러져 "경영자"라고 불리는 작지만 당찬 여학생도 나타났다. 여남은 그들은 각기 다른 직업을 꿈꿨지만, 결혼을 하든 안 하든 전문적인 직업을 가지겠노라 확고히 생각했고, 보다 나은 삶의 방식을 열망한다는 점에서도 모두 똑같았다. 진보 시대[18]에도 그들의 생각은 "진보적"이었고, 언제나 결속의 힘을 강조하는 목사의 진심 어린 말에 힘입어 그들은 유난스레 똘똘 뭉쳤다.

졸업을 코앞에 두고 경영자에게 심상치 않은 일이 일어났다. 그녀는 클럽 회원들에게 그 일을 알리고자 임시 회의를 소집했다.

경영자는 강인하고 침착하고 솔직한 여학생이었다. 그녀에게는 이런저런 계획들이 넘쳐 났고, 그런 계획을 실행에 옮길 남다른 능력이 있었다. 그녀는 의무적으로 해야 하는 일과 더불어 스스로 선택한 일을 하며 열심히 살아가고자 했고, 그런 전망을 즐겼다.

클럽 회원들이 모두 모여 조용해졌을 때 그녀가 말했다.

"얘들아! 너희에게 전할 소식이 있어. 멋진 소식이야! 이렇게 불쑥 말하고 싶진 않았지만, 이제 얼마 안 있으면 우리 모두 헤어져서 뿔뿔이 흩어지게 되잖아. 조만간."

---

18 　미국에서 사회 운동 및 정치 개혁에 대한 열망이 들끓었던 1890년대에서 1920년대 무렵을 일컫는다.

그녀는 자신이 불러일으킨 돌풍을 즐기며 친구들의 진지한 얼굴을 둘러보았다.

"저기, 잠깐만! 너희 중에 혹시 약혼한 사람 있니?"

그녀가 불쑥 말했다.

한 명이 다소곳이 손을 들었다.

"무슨 일을 하는 남자야? 어떤 사람인지는 묻지 않을게. 좋은 사람일 테니까. 그렇지 않으면 네가 만날 리 없잖아. 하지만 무슨 일을 하는지는 궁금해."

"아직 확실하진 않지만 아마 제조업을 하게 될 거야."

경영자의 물음에 목사가 순순히 대답했다.

"물론 네가 설교하는 걸 반대하진 않겠지?"

이 말은 질문이라고 할 수 없었다.

"일요일마다 내 설교를 듣겠대. 평일에 집에서는 안 들어도 된다면."

목사가 피식 웃으며 답했다.

그들 모두 동감하며 웃었다.

"그럼 됐어."

경영자가 모두의 말에 맞장구치고 말을 이었다.

"그럼, 이제 무슨 일로 모두를 불렀는지 속 시원히 얘기할게. 무슨 일이냐 하면, 내가 1000만 달러를 받게 됐어."

한순간 침묵이 흐르고 난 뒤 환호성과 함께 박수 소리가 터졌다.

"굉장하다!"

"마저리, 횡재했구나!"

"넌 받을 자격이 있어!"

"와, 한턱낼 거지?"

갑자기 생긴 큰 재산이 공동 소유라도 되는 양 다 같이 기뻐했다.

"오래전 헤어진 삼촌이라도 나타난 거야, 마저리?"

"우리 할머니의 오빠인 진외종조부가 나타나셨어. 포티나이너[19]들하고 같이 캘리포니아로 가셨는데, 무슨 이유에선지 연락이 끊겼었나 봐. 여하튼 그분이 올찬 금광맥에서 엄청난 금광을 발견하셨대. 그리고 그걸로 재산을 불리면서 조용히 세월을 보내셨지."

"언제 돌아가셨는데?"

간호사가 차분히 물었다.

경영자가 찬찬히 대답했다.

"돌아가시지 않았어. 하지만 곧 돌아가실 것 같아서 걱정이야. 아무튼 진외종조부께서 사람들을 사서 가족을 찾고, 어떤 사람들인지 알아보셨나 봐. 그 많은 돈으로 심지가 약한 사람들을 망치지는 않을까 염려하셨던 거지. 그런데 나에 대해 조사한 걸 보고 흡족해하시면서……."

그녀가 소리 없이 웃으며 말을 이었다.

"내가 당신을 쏙 빼닮았다고 하셨대! 그러곤 돌아가시기 전에 같이 시간도 보내고 재산도 넘겨주시겠다고 이곳으로 오셨어. 죽은 사람의 어떤 유산도 살아 있는 사람의 선물만큼 안전하지는 않다고 하시면서."

"그래서 그분이 전부 주셨다고!"

"더할 수 없이 확실하고 안전한 선물을 주셨지. 이제 마음 놓고 떠날 수 있겠다고 하시면서. 너무 연로하셔서……. 그건

---

19    forty-niner. 1849년에 금을 찾아 캘리포니아로 몰려든 사람들.

그렇고 얘들아."

그녀의 목소리가 다시 활기차게 바뀌었다.

"내가 계획한 게 있는데 들어 봐. 내가 받은 재산의 일부는 땅이야. 캘리포니아에 있는 땅과 물이지. 또 계곡도 있고 해안의 작은 항구도 있어. 그것들을 경제적 기반으로 삼아 개발할 수 있는 자금도 있고. 우리가 조합을 만들어서 그곳으로 가는 거야. 가서 본보기가 될 만한 도시를 건설하고 정착하고 운영해 나가는 거지. 여자로서의 일과 세상의 일을 모두 하는 곳으로 만드는 거야. 어떻게들 생각해?"

한동안 아무도 대답하지 못했다. 너무나 엄청난 제안이었으므로.

경영자가 열정적으로 주장을 펼쳤다.

"억지로 너희를 끌어들일 마음은 없어. 이건 말 그대로 사업 제안이야. 난 그 작은 항구를 개발해서 몇 가지 사업을 시작하고 싶어. 그리고 위쪽에 저수지를 만들어서 물을 원활하게 공급하고, 수력 에너지도 얻고, 넓은 정원도 만들고, 포도밭도 일구는 거지. 아, 얘들아! 우리가 캘리포니아에 작은 에덴동산을 만들 수 있어! 그리고 아이를 키우는 문제에 대해서라면……."

그녀가 부드러운 웃음을 띠고 천천히 주위를 돌아보았다.

"아기들에게 그보다 더 좋은 곳은 없을 거야!"

어머니, 간호사, 교사가 모두 이 제안에 동의했다.

경영자가 말을 이었다.

"나 혼자 대충 속으로 계획한 거야. 이것을 제대로 해내려면 시간과 관심이 필요하겠지. 하지만 우리한테는 처음 부딪힐 문제들을 헤쳐 나갈 충분한 자금이 있어. 우리가 세우는 도시는 다른 어떤 곳 못지않게 기반이 탄탄하고 안정적일 거야. 실질적으로 손해날 일은 없어. 완벽하게 자연스러운 도시를 설계하고 건설하고 운영하자."

그녀의 목소리가 진지해졌다.

"여자들의 힘으로, 여자들을 위해서, 그리고 아이들을 위해서! 인류에 진정한 도움이 될 곳을 만들자. 얘들아, 정말 굉장한 기회가 찾아왔어!"

그것이 시작이었다.

*

"나도 그해에 함께했더라면 좋았을 텐데."

두 도시에 큰 관심을 갖게 된 여자 기자가 진지하게 말했다.

"진, 나도 네가 함께하지 못한 게 아쉬워! 하지만 걱정 마. 이제부터 함께할 수 있으니까. 크지는 않지만 우리 지역 신문사에서 제대로 일할 사람이 필요하거든. 넌 보도는 물론이고 그 이상도 할 수 있잖아, 그렇지?"

진은 진심으로 좋아했다.

"거기서 일할 수 있으면 정말 좋겠다! 난 6개월 동안 작은 지방 신문사에서 편집과 기사 배치만 빼고 거의 모든 걸 다 했어. 여기에 내가 일할 자리가 있다면 당장이라도 올게. 그저께 벌써 왔지만!"

그렇게 여자 기자는 허웨이스에서 일하고 밤이면 비와이즈로 올라가 생활하면서, 한 무리의 여성들이 이루어 낸 것을 완벽하게 배워 갔다. 그러면서 새롭게 변신을 꾀하는 많은 도시들에 길잡이가 될 홍보 책자를 준비할 수 있었다. 그 책자에는 생생한 이야기가 상세하게 담겨 있었다.

그들이 한 일은 다음과 같다.

경제 기반은 해안의 구릉지에서 그 너머의 비옥한 계곡에 이르기까지 드넓은 땅이었다. 계곡의 맞은편 양 끝에서 발원한 물이 두 개의 개울을 이루며 가파른 협곡들을 지나 바다로 흘러들었다.

바닷가에서 산까지 케이블 선로를 깔면서 전반적인 성장이 이루어졌다. 그 후 경영자는 애초 갖고 있던 자금으로 케이블 선로 양 끝에 저수지를 하나씩 건설했다. 저수지 중 하나는 긴 여름 동안 식수와 관개수를 제공했고, 다른 하나는 수영장 기능을 하는 동시에 안정적인 수력을 제공했다. 또한 협곡에 건설한 발전소와 더불어 높은 산지에서는 풍차들이, 바닷가에서는 조력 수차들이 동력을 생산했다. 게다가 조명과 난방 시설을 가능케 하는, 청정하면서도 경제적인 전기 에너지도 있었다. 나중에 그들은 노동을 최소화하면서 생산성을 높이기 위해 태양 엔진도 설비했다.

세상과 자신들을 잇는 산업을 뒷받침하기 위해 그들이 한 일은 다음과 같았다. 첫째, 아주 꼼꼼하게 준비한 저장 과일을, 깡통보다 위생적이고 유리보다 가벼운 섬유질 종이 상자에 포장해서 수출했다. 산지에 앙고라염소를 키웠고, 거기서 얻은 양털로 작은 직물 공장에서 우수한 품질의 부드러운 털실을 생산했다. 그리고 그 실로 폭신폭신한 담요와 플란넬 직물과 뜨개옷을 만들어 외부에 판매했다. 그들은 또한 목화를 재배해서 질 좋은 면직물을 생산했으며, 최상품 실크도 생산했고, 주요 필수품은 모두 그들 자신의 직물 공장에서 만들어 냈다. 작고 아담한 그들의 직물 공장은 건강에 아무런 해도 끼치지 않았다. 밝은색 옷을 입은 여성들이 그곳의 직기 앞에 앉아 즐겁게 노래하면서 길지 않은 시간 동안 일했다. 그렇게 생산된 직물은 예술가의 도움을 받아 디자이너들과 손재주 좋은 여성들의 손에서 아름답고 편하며, 손질하기 쉬우면서도 내구성 좋은 옷으로 거듭났다. 그래서 해마다 '비와이즈' 드레스와 코트를 사고 싶어 하는 사람들이 많아졌다.

무두질 공장은 주택가에서 멀리 떨어지고 바람이 많이 부는 곳에 세웠다. 거기서는 정성스럽게 준비한 염소 가죽으로 장갑과 신발을 비롯해 다양한 가죽 제품을 만들었다. '비와이즈' 신발은 사람의 발에 꼭 맞고 활동하기 편하며 보기에도 좋아서 마침내 전국적으로 알려지게 되었다. 많은 주민들이 샌들을 신었는데, 그것 또한 상품으로 만들어 판매했다.

그들은 나무가 우거진 산을 소중히 관리했다. 산림 관리를 시작한 이후 전 지역을 엄밀하게 조사하여 나무를 심고 베는 가장 적합한 비율을 정했다. 정원 또한 풍성하고 아름다웠으며, 꽃밭에서 얻은 꿀과 정제된 향수도 판매했다.

"이곳의 가치는 떨어지지 않고 계속 높아질 거야."

경영자는 이렇게 말하며 미래를 위해 꽃과 나무를 심었다.

처음에 그들 도시는 텐트촌으로 시작했다. 다채로운 색으로 염색한 천막을 치고, 바닥 습기를 없애서 따뜻하게 했다. 나중에 예술가, 건축가, 기술자가 전면에 나서서 돌과 나무와 두꺼운 피복 종이를 이용해 집을 짓기 시작했다. 콩나무 줄기처럼 하루가 다르게 쑥쑥 자라는 데다 어디에나 지천인 유칼립투스 나무껍질과 죽은 야자수 잎을 섞어 만든 콘크리트로 아름답고 실용적이며 조가비만큼이나 깨끗한 집을 지었다.

경영자는 그들 사업의 "목적"에 대해 끊임없이 동료들에게 의견을 제시했다.

"어떤 일이든 이익이 남아야 해. 그렇지 않으면 그 일을 유지할 수도 없고, 세상 사람들이 우리를 따라 하지도 않을 거야. 다들 여자들도 성공적으로 해낼 수 있다는 걸 보여 주고 싶잖아. 남자들이 도와줄 수도 있겠지만, 이번에는 우리끼리 해내야 해."

그들이 벌인 첫 사업 중 하나는 주로 여자들과 아이들을 위해 계획하고 준비한 게스트 하우스였다. 이 사업과 관련해서 유원지도 만들었는데, 그곳에는 다양한 게임과 운동을 하고 춤도 출 수 있는 널찍한 코트와 경기장, 비가 올 때 이용할 수 있는 지붕 덮인 공간까지 있었다.

요양소도 있었다. 요양소에서는 의사와 간호사가 자원봉사자들의 도움을 받아 병을 치료하고, 출산을 돕고, 보살핌이 필요해서 그들을 찾아온 사람들을 돌보았다.

그뿐만 아니라 아기 정원도 있었다. 그리고 그것이 커져서 유치원이 되고 학교가 되었다. 얼마 후 그들의 교육 성과가 널리 퍼졌고, 지원자 명단이 지속적으로 늘어났다. '비와이즈'는 거주민들이 공동으로 운영하는 곳이었기 때문에, 전체 거주민의 승인 없이는 입주할 수 없었다.

바닷가 도시인 허웨이스는 산업이 활발했다. 그들이 운행하는 작은 증기선이 자그마한 부두로 그들이 만들지 못하는 물품을 들여오고, 오가는 승객들을 실어 날랐다. 드넓은 안전한 바닷가에서는 사람들이 일광욕과 물놀이를 했다. 또한 쉼터가 있어서 바닷가에서 음료를 즐기며 느긋하게 쉴 수도 있었다. 그리고 해변에서 산꼭대기까지 '야곱의 사다리'[20]라고 불리는 경자동차들이 왕복 운행을 했다.

경영자의 폭넓은 계획은 자신의 최초 자본으로 제조 시설을 세우고 운영해서 수익을 올리는 것이었는데, 그녀도 놀랄 만큼 빠르게 상당한 이익을 거두었다.

그리고 친구들이나 친척들을 비롯해 호기심 많은 방문객들이 몰려들었다. 이곳 여성들이 결혼 제도를 반대하지는 않았다. 각자 사정에 따라 달랐다. 이곳 여성과 사랑에 빠진 남자는 다른 주민들의 심각한 반대 없이 지상 낙원에 거주하며 새로운 공동체 건설에 한몫을 했다. 다만 남자들을 선택할 때는 신중을 기했다. 남자들은 자신이 완전하게 건강함을 증명해야 했다. 건강한 아이를 낳아 잘 키우는 것이 이곳 여성들의 변함없는 궁극의 목적이었으므로.

방문자 수가 늘면서 숙박 시설도 늘어났다. 하지만 숙박 시설은 물론 텐트를 칠 장소도 미리 신청해야 했기 때문에, 소란스럽게 몰려다니며 그곳의 품격을 떨어뜨리는 관광객은 없었다.

일하는 사람들에 대해서 이야기하자면, 예외는 한 명도 없었다. 허웨이스와 비와이즈의 모든 사람이 일을 했다. 특히 여자들이 이곳에 들어오기 위한 첫 번째 조건은 일을 해야 한다는 것이었다. 모든 시민은 증명할 수 있는 한, 신체적으로도 도덕적으로도 깨끗해야 했다. 하지만 사회에서 아무런 역할을 하지 않는다면 아무리 많은 소극적 미덕도 그들에게는 소용이 없었다. 그래서 그런 이야기가 빠르게 알려지며 거기 들어오고 싶어 하는 전문직 여성들이 줄을 이었고, 그들은 균형 있게 자리를 마련했다. 의사는 소수로 유지했고 치과 의사도

---

20　야곱이 꿈에서 본, 땅에서 하늘에 이르는 사다리. 창세기 28장 12절.

한두 명으로 제한했으며, 간호사도 소수 인원만 두었다. 교사는 다수로 받아들였고, 거주민의 요구를 충족시킬 수 있는 아름다움을 창조하는 실용적인 예술가들은 예닐곱 명 받아들였다. 또 고용 인력도 전 세계에서 찾아왔다. 그들은 일하는 기간만큼 그곳에서 살 수 있었다. 그 외에 그들의 성과를 세상에 알리는 시인, 작가, 작곡가 들도 있었다.

하지만 대부분의 사람들은 실생활에 직접적으로 필요한 노동자들, 즉 건물을 짓고 땅을 파고 엔진을 관리하는 남자들과 실을 잣고 직물을 짜고 꽃을 가꾸는 여자들이었다. 이런 일은 선택에 따라 남녀가 바뀌서 할 수도 있었다. 또 공동체의 일상적 요구를 처리하는 사람들도 있었다.

전통적 의미의 하인은 없었다. 이곳 거주민들의 집에는 부엌이 없었다. 커피 같은 것을 준비하는 데 필요한 작은 전기 기구들이 있을 뿐이었다. 음식은 깨끗하고 넓은 조리실에서 준비되었다. 조리실은 고액의 급료를 받는 숙련된 전문가들이 관리했다. 그들의 사업을 잘 아는 전문가들은 영양 섭취에 관한 연구를 통해 거주민의 건강 유지에 힘썼다. 그런데도 완전한 시설을 갖추지 못한 부엌에서, 별 솜씨가 없기에 보수를 넉넉하게 받지 못하는 요리사들이 음식을 준비할 때보다 비용이 적게 들었다.

그때껏 최고라고 알려진 방법을 활용함으로써 어린이 문화 또한 빠른 속도로 발전했다. 그들은 프뢰벨[21]과 몬테소리[22]

---

21  프리드리히 빌헬름 아우구스트 프뢰벨(Friedrich Wilhelm August Fröbel, 1782~1852): 유치원을 창설한 독일의 교육가.

22  마리아 몬테소리(Maria Montessori, 1870~1952): 이탈리아의 교육가. 아동의 자발성과 자유의 존중, 교육 환경 정비와 감각 기관의 훈련을 위한 놀이 기구

의 생각과 시스템을 존중하고 활용했다. 게다가 관찰과 경험을 통해 해마다 보다 나은 지식이 쌓이면서, 아동의 온전한 성장은 그저 이상이 아니라 평범한 일상이 되었다. 건강하게 태어난 아이들이 그들이 뛰어노는 정원의 장미꽃처럼 예쁘게 자랐다. 이곳 아이들은 마음껏 뛰고 물놀이를 하면서 건강하고 행복하게 무의식적 학습의 즐거움을 누렸다.

두 도시는 정상적 범위의 한계에 이르렀다.

20년의 시간이 지난 뒤 경영자가 말했다.

"이대로 계속 가면 안 되겠어. 지금 상태에서 사람들이 더 늘어나면 다른 도시들처럼 병폐가 생길 거야. 지금 우리 재정 상태를 봐. 투자한 돈을 한 푼도 모자람 없이 거둬들였어. 이제 여긴 완전히 자립하고 있어. 해가 지날수록 점점 더 풍요로워질 거야. 이제 벌들처럼 몰려가서 또 다른 도시를 시작하면 어떨까?"

그들은 그렇게 했다. 경험을 바탕으로 또 다른 아름다운 계곡에 더 안전하고 더 확실한 합리적 낙원을 세우기 시작했다.

하지만 그들 자신이 현재 이루어 낸 성장보다 그들의 이념이, 사실로 증명된 그들의 이념이 훨씬 더 멀리 퍼져 나갔다. 한 무리의 사람들이 공동체를 이루어 함께 살면서 노동 시간을 줄이고 생산 가치는 높이며, 건강과 평화와 번영을 확고히 하고, 인간의 행복을 한없이 증대할 수 있다는 이념이었다.

세상 어디에서나 가능한 일이었다. 사람들이 살 수 있는 곳이면 어디서든, 더 좋은 결과를 낳는 방식으로 살 수 있었다. 경제적 기반은 매우 다양할지라도, 몇백 명의 여성들이 함

---

사용을 중시하는 교육을 창안했다.

께 뭉치면 어디서든 결집된 노동력으로 부를 낳을 수 있고, 공동 육아로 질서와 안락과 행복을 얻고, 인류의 삶을 개선할 수 있을 터였다.

　"게으른 자여 개미에게 가서 그가 하는 것을 보고 지혜를 얻으라."[23]

---

23　잠언 6장 6절.

# 오래된 이야기

이것은 짧은 이야기가 아니다. 몇 세대에 걸쳐 이어지는 이야기다. 몇천 년 전에 시작되었지만, 아직 그 끝은 보이지 않는다. 여기서는 몇 사람의 삶을 예리하게 다루면서 한 단면을 살짝 엿본 것에 불과하다.

둘째가라면 서러울 만큼 자부심이 강한 남부의 한 주에, 좋은 집안 출신으로 그 점을 아주 자랑스럽게 여기는 한 여자가 있었다. 그녀는 레슬리 보르몬트 배링턴 몬트로이라는 긴 성을 가지고 있었다. 몇백 년을 이어 오면서 이 가문의 사람들은 더 많은 이름을 성으로 썼고, 그런 것을 자랑스럽게 여겼지만, 한 여자아이에게 그 성을 전부 붙여 줄 수는 없었다.

그녀가 자랑스럽게 여기는 또 다른 한 가지는 타오르는 듯한 건강이었다. 그녀는 정말로 기운이 펄펄 넘치는 여자였다. 건강이 좋다 보니 피부는 매끈했고, 근육은 단단했으며, 몸이 탄탄해서, 지칠 줄을 몰랐다. 또 한결같이 밝고 삶을 대하는 태도도 용감했다. 그 밖의 점에서는 전혀 거만하지 않고 온화하고 건전하고 사랑스럽고 성실하고 다정했다.

그녀를 사랑하는 남자들은 한둘이 아니었는데, 그중 그녀의 사랑을 얻을 가능성이 반반으로 보이는 남자가 둘 있었다. 한 남자는 하워드 포크너라는 젊은 의사로, 어릴 때부터 그녀와 함께 어울려 자란 친구이자 이웃이었다. 그리고 로저 무어라는 다른 한 남자는 포크너의 대학 동기이자 단짝 친구로, 몬트로이가와 이웃한 저택을 구입한 사람이었다.

　무어는 부유했지만 레슬리에게 그런 점은 중요하지 않았다. 포크너도 재산은 넉넉했다. 재산 문제라면, 그녀는 자신이 사랑하기만 한다면 상대가 아무리 집시라 해도, 그와 결혼해서 세상 끝까지 따라갔을 것이다.

　그녀는 무어를 선택했다.

　포크너는 마음이 아팠지만 그럭저럭 견뎌 냈다. 오랫동안 레슬리를 알고 지내면서, 그는 자신의 행복보다 그녀의 행복을 먼저 빌어 줄 만큼 순수하게 그녀를 좋아했다. 그래서 자신의 아픈 마음을 무어에게 드러내려 하지는 않았지만, 그래도 그의 사랑 타령을 듣는 일은 쉽지 않았다. 두 사람이 함께 있는 모습을 지켜보기도 쉽지 않았다. 그녀가 무어를 노 젓기 기술을 배우는 학생처럼 대하면서, 보기 좋게 그을린 두 팔로 굽이굽이 그늘진 강을 따라 카누를 저어 가는 모습도. 여전히 서툰데도 학생 노릇을 좋아하지 않는다는 사실을 알고, 결국 그녀가 무어에게 노를 젓게 하는 모습도.

　테니스에서는 더 강한 상대들과 훨씬 더 많은 경기를 치렀던 그가 그녀를 이겼다. 하지만 그녀의 재빠른 몸놀림과 완력 덕분에, 그는 그녀와 흥미진진하게 경기했다. 사내아이처럼 즐거워하는 그녀를 보며 기뻐했고.

　그녀는 그보다 더 여유롭게 춤을 잘 추었고, 어릴 때부터 예사로이 안장에 올라타 드넓은 야생의 시골을 몇 킬로미터씩 달리곤 했기 때문에 그보다 더 빨리 말을 탈 수 있었다. 물속에서도 그녀는 그를 앞질렀다. 햇빛에 반짝이는 물결을 가르고 미끄러지듯 헤엄쳐 가는 그녀는 눈부신 승리의 요정 같았다.

어디서든 그녀는 활기차고 건강하고 아름다운 모습으로 즐거움을 주었다.

하워드 포크너는 그녀에게도, 그의 친구에게도 기쁨을 느꼈다.

무어는 지독한 사랑에 빠졌다. 그는 전에도 사랑에 빠진 적이 있었다. 그녀가 묻지 않았는데도 그런 적이 있다고 솔직하게 털어놓았다. 하지만 그때 사랑은 "달빛이 햇빛으로, 물이 포도주로 향하는 것 같았다."[24]라고 말했다. "남자는 남자고 여자는 여자야. 난 다른 남자들하고 다를 게 없어. 하지만 당신은…… 당신은 달라. 당신은 꼭…… 여신이라고 하면 진부하게 들릴지 모르겠지만, 늘 여신 같다는 생각이 들어. 당신은 승리의 여신 같아. 정말 아름답고! 당신 같은 여자는 정녕 처음이야. 몇천 킬로미터 안에 당신 같은 여자는 없어. 당신을 보면 눈, 바람, 햇빛, 소나무 같은 것들이 생각나. 당신은 너무나 정결해! 남자가 숭배할 수 있는 그런 여자야."

그녀는 정말 그랬고, 그는 그녀를 숭배했다. 그는 시인이 아니었기에 참신한 말로 찬사를 보내지는 못했지만, 온 마음으로, 그리고 온몸으로 그녀를 사랑했다.

---

24 앨프리드 테니슨(Alfred Tennyson, 1809~1892)의 「록슬리 홀(Locksley Hall)」의 한 구절.

결혼식 날짜가 정해졌다.

그런데 가벼운 목 질환이 그를 괴롭혔다. 그가 의사인 포크너에게 가서 증상을 얘기하자 포크너의 얼굴이 하얗게 변했다. 포크너는 몇 가지 필요한 질문을 했다. 무어는 질문의 의도를 알아채고, 떠오르는 생각을 아예 무시했다.

"하워드, 말도 안 돼. 그건 수년 전 일이야. 난 말끔히 나았어. 제발 지금 그 끔찍한 기억을 떠올리게 하지 말아 줘."

"로저, 지금이야말로 자네가 직시해야 할 때야. 유감이지만, 한 남자한테 이보다 더 끔찍한 말이 있을까 싶지만, 자네는 완치되지 않았어. 자네 몸에 매독 증세가 나타나고 있어. 그 결과를 알잖아. 그 병은 전염성이 있고, 유전이 돼. 자네는 결혼하면 안 돼, 몇 년 동안은. 반박할 수 없이 확실하게 완치되었다는 증거가 나타나기 전까지는."

그의 친구가 말했다.

무어는 친구만큼 창백해진 낯빛으로 단호하게 말했다.

"하워드, 자네가 그렇게 생각하는 건 의사로서 당연한 일이라고 믿어 의심치 않지만, 그건 터무니없는 생각이야. 난 최상의 치료를 받아 왔고 완전히 나았어. 정말이라고."

"검사를 다시 해 보는 게 어떤가. 적어도 기다려 볼 수는 있잖아. 그렇게 끔찍한 위험을 무릅쓸 수는 없어. 또 한 사람이 고통받게 해서도 안 되고."

포크너가 강하게 말했다.

"조금이라도 그 병일 가능성이 있다면 그렇겠지. 자네 머릿속은 온통 그 병 생각뿐이군, 하워드. 어떻게 기다리라는 말을 해! 이 지역 안팎의 모든 친지에게 초대장을 보냈는데. 그 사람들한테 대체 뭐라고 해?"

무어는 완강하게 버텼다.

"적당한 핑계를 댈 수도 있고, 그녀의 아버지를 찾아갈 수도 있잖아."

무어가 허탈하게 웃었다.

"그래, 그리고 작별을 고하라는 말이군. 뛰어난 의사들한테서 내가 아무 문제 없다는 말을 들은 건 물론 아니지만, 한 사람의 생각 때문에 내 일생일대의 행복을 놓칠 순 없어."

무어는 단호한 남자였다. 지난날의 한순간의 악업을 강한 의지로 오랫동안 묻어 왔는데, 이제 와서 그 일에 발목을 잡혀 산통을 깰 수는 없었다.

이해는 간다. 그가 정말 냉혈한이라서 사랑하는 여자에게 그런 위험을 무릅쓰게 하기로 마음먹은 것은 아니었다. 그는 그럴 위험이 있다는 사실을 아예 인정하려 하지 않았다. 그렇다면 포크너는? 포크너는 자신의 생각을 확신했지만, 검사를 하지 않고는 그 생각을 증명할 수 없었고, 무어는 검사를 받으려 하지 않았다. 시간이 없었지만 계속 거부했다.

포크너는 강요도 하고 간곡히 부탁도 했다. 생각해 낼 수 있는 모든 이유를 들어 친구에게 애원했다. 그러자 무어는 그를 가까이하지 않으려고 했다.

포크너가 달리 무엇을 할 수 있었겠는가? 그는 의사라는 직업의 명예를 중요시했다. 의사는 환자를 저버려서는 안 되었다…….

그래서 그는 입을 닫고, 그토록 오랫동안 사랑했던 여자가 순백의 드레스를 입고 아름답게 빛나는 모습으로, 최악의 전염병을 가진 남자와 결혼하는 모습을 지켜볼 수밖에 없었다.

첫아이는 남자아이였다. 어머니를 닮아 크고 맑고 진실하고 용감하고 다정한 눈으로 삶을 마주할 남자아이. 뛰어나게 총명하고, 마음 따뜻하고, 존경하는 부모에게 헌신할 남자아이. 절망적인 장애를 가진 남자아이.

레슬리는 믿을 수 없었다.

뭔지 모를 병을 앓았던 적이 있는 그녀는 그것 때문에 아들이 장애를 얻은 게 아닐까 하는 생각에 괴로워했다. 그러면서도 남편과 함께 행복을 지키면서 희망을 잃지 않고 스스로에게 말했다. "별처럼 어여쁜 그 아이가 태어났을 때……."

태어난 아이가 어여쁜 모습은 아니었지만 그래도 엄마의 마음에는 기쁨의 근원이었다.

그다음 아이는 태어나자마자 죽었다. 그나마 그 아이는 나은 편이었다.

그다음 아이는 태어나지도 못하고 죽었으니까.

그녀는 사랑과 인내심으로 또 다른 아이를 만들어 내기 위해 몇 번이고 엄마로서의 일을 했지만, 번번이 병을 가진 아이를 낳거나 유산했다.

가정을 생각하는 마음이 남다른 남자, 아내를 숭배하고, 자신을 사랑스럽게 따라다니는 허약한 어린 아들을 끔찍이 아끼고, 그 자신처럼 강하고 엄마처럼 아름답게 자랄 아이들을 간절히 원한 그 아버지는 어떤 생각이 들었을까? 저주받은 새싹들이 숨 한 번 쉬지 못하고 왔다가 바로 떠났을 때, 그 아기들의 아버지는 어떤 기분이었을까?

또한 남편으로서, 연인으로서, 세월이 아내의 다정하고 고결한 품성을 더욱 또렷하게 드러냄에 따라 연인 이상의 존재가 되어 가면서, 숭배했던 여인의 당당하고 순수한 아름다움이 시들어 사라져 가는 광경을 보며 그는 어떤 기분이었을까?

그는 그것을 지켜봐야만 했다. 그녀가 건강을 상실하고, 아름다운 모습을 잃어 가고, 틀림없는 그 병이 그녀를 파괴하기 시작한 것을. 그는 할 수 있는 한 온 마음을 다해 더없이 부드럽게, 더없이 헌신적으로 그녀를 위로해야 했다.

그녀는 자신에게, 또 아이들에게 왜 그런 일이 생기는지 알 수 없었다. 입에 올릴 수조차 없는 '죄악'과 연관된 무시무시한 공포를 의식하기는 했지만, '기품 있는 여인' 앞에 큰 위험이 도사리고 있다는 사실은 결코 알지 못했다.

그녀 가족의 오랜 주치의는 그녀에게 아무것도 말해 주지 않았다. 그러는 것은 그의 본분이 아니었으므로.

목사는 그녀에게 그녀가 겪는 고통은 "하느님의 뜻"이라고 했다.

하느님에 대해 그토록 뒤떨어진 생각을 하는 사람들이 있다는 것은 정말 경악할 일이다.


레슬리는 남편과 아이를 위해 꿋꿋하게 견뎌 냈다. 장애가 있는 그 어린 몸을 그녀가 얼마나 사랑하고 살뜰히 보살폈는지 모른다. 사랑스러운 어린 영혼은 그녀에게 끝없는 기쁨을 주었다.

그녀는 남편을 신처럼 숭배했다. 가차 없는 거울이 이제 더는 그녀의 모습이 아름답지 않음을 보여 준 지 한참이 지나서도,[25] 심지어 외출할 때 얼굴을 가리게 된 뒤에도, 그는 다

---

25  매독이 진행되면 탈모, 피부 궤양, 피부 발진, 마비 등의 신체 증상이 나타난다.

정했고 헌신적이었고 끝없이 인내했고 계속 그녀를 존중했다. 그래서 그녀는 더욱더 그를 숭배하고 사랑했다.

"로저, 여보! 당신은 나한테 정말이지 좋은 사람이에요. 한 남자가 한 여자에게 이렇게 잘할 수 있으리라고는 꿈에도 생각 못 했어요!"

자비로운 어둠이 그녀의 얼굴을 가려 주었을 때, 그녀가 나직이 말했다.

그는 전율했다.

"레슬리, 난 좋은 사람이 아니야. 하지만 당신을 사랑해. 아, 당신을 얼마나 사랑하는지!"

그가 조용히 답했다.

그는 아내를 사랑했다. 처음부터 그랬다. 아내의 고통이 커질수록, 더욱더 그녀를 사랑했다. 그녀를 사랑할수록 그는 더욱더 큰 고통에 빠졌다. 몇 년간 그런 상태가 계속되었다.

백발의 목사가 말한 것처럼 "위에 계신 분의 심오한 뜻"에 의해 그녀가 "여자로서의 한창때를 다 잃었을" 때, 로저는 거의 기쁠 지경이었다. 아니, 기뻤다. 그녀를 위해 잘된 일이라고 생각했다.

아름답고 활기 넘치던 젊은 여자가 서서히 진행되는 역겨운 질병 때문에 점차 무너져 내리는 모습을 보는 것은, 결국 그 과정이 끝남을 감사히 여길 만큼 비참한 일이다.

그녀의 사랑은 오롯이 그를 향했고, 그는 그녀가 삶을 견딜 수 있도록 할 수 있는 모든 것을 했다.

"로저, 당신 덕분에 행복했어요. 정말 행복했어요! 사랑해요……."

그녀가 그에게 마지막으로 남긴 말이었다.

의사 포크너는 장례식에 참석했다.


아버지와 아들은 떼어 놓을 수 없는 사이가 되었다. 로저는 그 불쌍한 아이, 어린 레슬리(그들은 남아든 여아든 아기에게 이 이름을 붙여 주기로 했었다.)에게 온 신경을 쏟으며, 자신의 목숨이 다할 때까지, 아이가 잃은 것과 아이가 겪어야 하는 모진 고통에 대해 보상해 주리라 다짐했다.

돈은 충분했다.

마음껏 하고 싶은 대로 할 수 있는 아름답고 멋진 저택도 있었다.

교육은 더없이 섬세하고 신중하게 이루어졌다. 그런 교육은 열린 마음으로 삶의 경이로움과 아름다움을 깨달을 수 있도록 해 주었다. 아이가 여행을 할 만한 나이가 되자마자 여행도 다녔다. 그들 부자는 온갖 곳을 함께 다니면서 세상을 배웠다.

음악과 셀 수 없을 만큼 많은 책과 훌륭한 그림도 있었다.

또래 친구를 제외하고 아이는 모든 것을 누렸다. 아이는 다른 아이들을 피했다. 아니 어쩌면 다른 아이들이 그 아이를 피했는지도 몰랐다. 아무튼 아이는 아버지와 시간을 보내는 데 크게 만족했고, 아쉬운 것이 전혀 없는 듯했다.

그들 부자는 어디든 함께 갔고, 집에서도 행복하게 함께 했다. 어릴 때부터 놀이 친구였던 아버지는 아들이 학교에 다닐 나이가 돼서도 함께 공부하는 학우이자 놀이 친구였다. 그는 오랜 기간 단련한 인내심과 집중력을 "힘닿는 데까지 아이에게 보상해 줄 거야. 반드시!"라는 목표에 쏟아부었다.

기형으로 굽은 어깨 위에 커다랗고 아름다운 머리를 가진 주름투성이의 작은 아이가 열두 살쯤이었을 때, 어느 날 저녁 아이는 난로 앞 큰 의자에 앉은 아버지 품에 안겨 있었다.

널찍하고 호화로운 방은 조용했다. 그들 부자는 타오르는 불꽃을 하염없이 바라보며 말없이 서로를 끌어안고 있었다.

이윽고 아이가 아버지의 눈을 올려다보며 조용히 물었다.

"아버지, 왜 하느님은 저를 이렇게 만드셨을까요?"

아이는 나이를 먹으면서 점점 강해졌다.

얼굴과 머리는 눈에 띄게 아름다웠고, 두 눈은 언제나 엄마의 눈 같았다.

아이는 영리했다. 가정 교사들의 도움으로 집에서 대학 과정을 마쳤다. 그리고 아이의 아버지는 늘 새로운 기회를 찾아 주려고 했다.

"제가 대학에 가서 뭐 하겠어요. 제 생각에 대학은 운동선수들을 위한 곳이지 학생들을 위한 곳이 아니에요. 그리고 책을 읽고 느낀 건데, 전 남자 대학생들이 얘기하는 방식이 마음에 안 들어요."

레슬리가 말했다.

그래서 아이는 유서 깊은 저택에서 아버지와 함께 살았고, 세월이 흐르면서 두 사람은 더욱 친밀해졌다. 아이는 그런 삶이 행복했다. 아이의 아버지는 끝없는 관심으로 아들을 보살폈고, 그런 그의 눈에 아이는 행복해 보였다.

"내가 저 애를 계속 행복하게 해 줄 수 있다면! 저 애를 사랑할 여자는 없겠지. 그러니 내가 모든 걸 보상해 줘야 해."

그는 이를 악물고 중얼거렸다.

그는 아이를 위해 젊음을 유지하려 애썼고, 건강에 끊임없이 신경을 썼다.

"난 살아야 해. 아마 난 저 가여운 녀석만큼 오래 살 거야. 어쨌거나 아이를 위해서 되도록 오래 살아야 하고, 가능한 한 강해져야 해."

오래전 기꺼이 죽고자 했던 그 남자는 아들과 함께하기 위해 건강을 지키려고 온갖 노력을 다 했다.


상냥한 얼굴의 키가 큰 여자가 여름 휴가를 보내러 이웃에 왔다. 그녀는 레슬리가 만났던 여자들과 전연 달랐다. 아이가 아니라 여인이었다. 레슬리가 읽은 책을 읽었고, 공부를 하고 대학을 졸업했으며, 여행도 했다. 더욱이 레슬리가 해 보지 못한 일도 했었다. 나이는 레슬리보다 약간 더 많았을 뿐이지만, 사회적 열정과 시민으로서 목적의식을 갖고 살아서 경험의 폭은 훨씬 더 넓었다.

숲을 산책하던 길에 수줍음 많은 레슬리를 만난 그녀는 기꺼이 그와 친구가 되었다. 말하자면, 쐐기풀 같은 그를 두 손으로 받아들였다.

"넌 네가 다른 사람들 같지 않아서 많이 속상해하는구나. 그럴 거 없어. 몇몇 내 친구들은 그런 걸 아무렇지 않게 생각하니까. 그 친구들도 쾌활한 남자들이야."

그녀는, 그보다 더 심한 신체장애를 가지고 있지만 그가 장애에 대한 보상으로 누린 것들을 조금도 누리지 못한 이런저런 사람들에 대해 말했다. 그리고 다른 사람들처럼, "그러니까 자기가 할 수 있는 한" 일을 하기 시작한 사람들에 대한 이야기도 했다.

둘은 좋은 친구가 되었고, 레슬리의 아버지는 기쁘게 지켜보았다.

비록 인정하고 싶지 않았지만, 약간은 질투심이 일어서 그는 마음이 아팠다. 그래도 "저 애한테는 나 말고 다른 사람도 필요해. 저 사람은 좋은 여자야. 어느 모로 보나 숙녀지. 저 여자가 하는 인보관(鄰保館) 운동[26]도 그렇고, 두루 레슬리의 흥미를 불러일으킬 거야."라고 생각했다.

그래서 그들은 자주 만났다. 레슬리는 그녀 덕분에 얻은 새로운 경험을 통해서, 그녀가 소개해 준 새로운 친구들을 통해서, 열정적인 흥미를 갖도록 길을 열어 준 새로운 방향의 독서를 통해서 눈에 띄게 남자다워졌다.

레슬리는 그녀를 통해서 세상을 보기 시작했다. 그의 아버지가 그랬듯이 세상을 다른 사람들이 사는 다른 어떤 곳으로 본 것이 아니라, 그가 나름의 의무와 힘과 책임을 갖고 실제 살아가는 곳으로 바라보기 시작했다.

레슬리는 그녀와 함께 있으면 왠지 강해진 것 같았고, 다른 사람들처럼 몸이 쭉 펴진 기분이 들었다. 그녀는 신체장애 따위는 신경 쓰지 않는 듯했다. 레슬리는 자신도 모르게, 어느 순간 불현듯 자신이 그녀를 사랑하고 있음을 깨달았다……

레슬리는 덤덤히 아버지에게 그 아픔을 호소하며 애원했다.

---

26   인보관은 인보 사업과 빈민 구제를 목적으로 세운 단체로, 빈민 지역에서 생활하며 지역 사회의 환경과 생활을 개선하는 것을 목표로 한다. 이러한 활동이 사회 개혁 운동으로 퍼져 나간 것이 인보관 운동이다.

"저를 멀리 데려가 주세요. 어디든 다른 데로 데려가 주세요. 아버지, 저는 그 여자를 사랑해요! 제가 감히 한 여자를 사랑하는 일을 하다니요! 멀리 데려가 주세요, 어서."

그의 아들은 이것을 견뎌야만 했다. 남자들이 사랑하듯 사랑해야 하지만, 행복을 기대할 수조차 없었다. 아들은 고통스러울 수밖에 없었고, 아버지는 아들이 고통을 견뎌 내는 모습을 지켜봐야만 했다. 이는 결코 그가 바란 것이 아니었다. 그 여자는 몇 살이나 더 많았고, 아름답지도 않았다. 하지만 이런 일이 닥치고야 말았다. 그래서 그들 부자는 여행을 떠날 준비를 했다. 멀리 전 세계를 도는 오랜 여행을.

그러나 그들은 숲길에서 다시 만났고, 거리낌 없이 이야기를 나눴다. 레슬리가 공중을 걷듯이, 두 눈을 반짝이며 아버지에게 가서 말했다.

"아버지, 그 여자가 저를 사랑해요! 한 여인이 저를 사랑해요. 저를 사랑한다고요! 그녀는 신경 쓰지 않아요. 그녀 덕분에 장애는 중요하지 않다고 생각하게 됐어요. 아, 아버지, 제가…… 다르다는 것을 처음 알게 된 후로 저를 무겁게 짓누르던 중압감을 그녀가 걷어 내 줬어요. 다르다는 생각이 없어졌어요. 모두 사라졌어요. 그녀를 위해 그런 건 없어야 하니까요!

아버지, 생각해 보세요. 그게 무슨 뜻인지 생각해 보세요. 저는 세상에 나가 진정한 남자의 일을 하면서 살 수 있어요. 그녀 말이 제가 다른 남자들보다 더 많은 일을 할 수 있고, 저를 필요로 하는 데가 많을 거래요. 아버지, 저도 사랑을 하고,

제 가정을 꾸릴 수 있어요. 심지어, 어쩌면⋯⋯."

레슬리가 진지하고 경건한 얼굴로, 행복의 눈물을 반짝이며 말을 이었다.

"언젠가는, 아버지가 저를 사랑하셨듯 제가 사랑할 수 있는 제 아들을 가질 수 있을지도 몰라요."

그의 아버지는 아들이 평범한 삶을 잃은 것에 대해 보상을 해 주려고, 오랜 세월 밤낮으로 쉼 없이 기울였던 헌신이 아무것도 아니었음을 깨달았다. 차마 바라지도 못했던 뜻밖의 행복이 사막을 적시는 비처럼 찾아와 아들의 황량한 삶을 꽃으로 가득 채웠다는 사실을 깨달았다. 그토록 사랑하는 아들 앞에 세상으로 나가는 문이 활짝 열린 것이 어떤 의미인지를 깨달았다.

그리고 아버지는 아들에게 절대로 결혼해서는 안 된다고 말해야 했다. 그 이유도⋯⋯.

얼마 후 아들이 묘하게 가라앉은 목소리로 물었다.

"제 뒤로 태어났던 남동생들, 여동생들도 모두 그래서⋯⋯?"

"그래."

불행한 남자가 대답했다.

"어머니도요⋯⋯?"

그는 고개를 끄덕였다. 말을 할 수 없었다.

아들은 가만히 서서 아버지를 보았다. 애써 키운 아버지의 체력이 한 시간 만에 송두리째 몸에서 빠져나가고, 막을 수 없는 세월의 무게가 쇳덩이 비처럼 그에게 쏟아져 내리는 듯 했다.

아들이 나지막이 흐느끼며 아버지에게 다가갔다.

"아, 가여운 내 아버지!"

# 엄마 실격

"두말할 것 없어요! 세상 무엇을 준다 해도, 자기 자식을 버리는 엄마는 없어요!"

나이 든 브릭스 부인이 용납할 수 없다는 듯 고개를 가로저으며 말했다.

"자기 자식을 마을 사람들 손에 맡기는 엄마도 없죠! 우리는 우리 자식 키우면서 할 일이 없는 줄 아는지!"

수재나 제이컵스가 끼어들었다.

제이컵스 양은 풍요로운 농장과 농가를 소유하고 있는 부유한 노처녀로, 집 안의 허드렛일을 도맡아서 하는 하녀이자 친구이자 피부양자인 가난한 사촌과 단둘이 살았다. 반면에 브릭스 부인은 아이를 열셋이나 낳은 사람이었다. 살아남은 아이는 다섯뿐이었지만. 그러므로 엄마로서 느끼는 감정에서라면 제이컵스 양은 브릭스 부인을 따라갈 수 없었다.

"전 그 여자가 자기 아이를 먼저 구하고, 그러고 나서 마을을 위해 할 수 있는 일을 했어야 한다고 생각해요."

마을의 양재사인 마사 앤 시몬스가 카랑카랑한 목소리로

말했다.

마사는 결혼을 했었지만 남편을 여의고 혼자서 병약한 아들을 키우고 있었다.

서른여섯 살이지만 아직 결혼을 안 해서인지 어머니에게 마냥 어린애 취급을 받는 브릭스 집안의 막내딸이 조심스럽게 한마디 꺼냈다.

"모두 그분이 우리를 위해서 한 일은 생각하지 않는 것 같네요. 만일 그분이 자기 아기를 버려 두지 않았더라면, 마을의 다른 아기들은 하나도 살아남지 못했을 거예요. 분명히!"

그녀의 어머니가 대뜸 반박했다.

"마리아 아멜리아, 네가 끼어들 데가 아니야. 넌 네가 낳은 자식이 없잖아. 그러니 엄마의 일에 대해 가타부타 말할 자격이 없어. 엄마라면 무슨 일이 있어도 자기 아이를 버려 둬선 안 돼. 하느님이 그 여자한테 돌보라고 보내 준 아이는 그 여자애지 절대 다른 사람들의 애가 아니야. 그러니 입 다물고 있어!"

"제가 애당초 그랬잖아요. 그 여자는 엄마 자격이 없었다고!"

제이컵스 양이 매몰찬 목소리로 맞장구쳤다.

"그게 무슨 얘기예요? 그 여자가 뭘 했는데요?"

시 위원이 물었다. 시 위원은 업무적인 관점에서 이야기에 관심을 가졌지만, 다른 여자들은 그런 사실을 몰랐다.

자세한 내용을 듣기는 어렵지 않았다. 오히려 앞뒤가 안 맞는 이야기가 너무 많이 오가서 사실을 제대로 파악하기가 어려웠다. 여하튼 시 위원이 이해한바, 그 마을에서 있었던 일은 다음과 같았다.

거센 비난을 받고 있는 주인공의 이름은 에스터 그린우드로, 이곳 토즈빌에서 살다 죽음을 맞은 여인이었다.

토즈빌은 제분소 마을이었다. 라인 강변의 악덕 자본가들이 그들의 작은 도시가 내려다보이는 저택에서 살았듯, 토즈빌 사람들은 작은 도시가 내려다보이는 아름다운 언덕바지에서 살았다. 제분소들과 제분소에서 일하는 노동자들의 집은 강 아래쪽에 죽 늘어서 있었다. 그 계곡은 폭이 좁았고 주변 산들은 너무 가팔라서 다니기 힘들었기 때문에 노동자들의 집은 다닥다닥 붙어 있었다. 하지만 계곡의 물줄기는 꽤 거셌다. 마을 위로는, 그 옆의 좁은 길을 제외하고 계곡 전체를 차지하는 호수가 있었다. 푸른 물이 반짝이는 아름다운 호수였다. 호숫가에는 백합꽃과 붓꽃이 피어 있었고, 호수 속에는 강꼬치고기와 퍼치[27]가 많았다. 마을 사람들은 이 호수에서 물고기를 얻었고, 얼음을 얻었고, 제분소를 유지할 수력을 얻었다. 제분소는 도시에 빵을 제공했고. 푸른 호수는 유용하면서 볼만하기도 했다.

사람들이 부지런히 살아가는 이 아름다운 마을에서 에스터는 슬픔에 잠긴 홀아버지 밑에서 다소 방치된 아이로 자랐다. 에스터의 아버지는 젊은 아내와 에스터 앞에 태어난 어여쁜 아기 셋을 먼저 떠나보냈다. 가족이라고는 에스터만 남았을 때, 그는 딸에게 가능한 모든 기회를 주겠노라 말했다.

"처음에 그 여자를 병들게 한 건 바로 그런 환경이었어요! 그 여자는 엄마의 보살핌이라고는 아예 모르고 선머슴처럼 자랐어요! 글쎄, 비가 오나 눈이 오나 허구한 날 인디언처럼

---

27    농엇과의 민물고기.

몇 킬로미터 밖까지 싸돌아다녔어요! 그런데도 그 여자 아버지는 다른 사람들의 충고를 도통 받아들이려 하지 않았죠!"

여자들이 앞다퉈 시 위원에게 말했다.

그 아버지 이야기만으로도 열띤 토론이 벌어졌다. 아버지 노릇을 충실하게 못 했다고 비난받는 그 사람은 의사였다. 하지만 마을 사람들은 그를 이웃에 사는 의지할 만한 의사로 받아들이지 않고, 자기만의 '생각들'에 사로잡힌 이질적인 인물로 본 듯했다.

"그 사람이 주장하는 건 생전 처음 들어 보는 말들이었어요. 그는 좀처럼 약을 처방해 주려고 하지 않았어요. '자연'이 치료해 주는 거지, 자기는 고칠 수 없다면서요."

제이컵스 양이 말했다.

"정말로 치료할 수 없었을 거예요. 틀림없어요. 아내하고 애들이 그 사람 손에서 죽어 간 걸 봐요! '의사 양반, 본인부터 치료하시오.'라고 말하고 싶네요."

브릭스 부인이 맞장구쳤다.

마리아 아멜리아가 또 끼어들었다.

"하지만 엄마, 결혼할 때부터 의사 선생님 부인한테 병이 있었다고 하던데요. 그리고 자식들은 모두 소아마비로 죽었어요. 누가 그 병을 고칠 수 있겠어요!"

제이컵스 양이 마지못해 인정했다.

"그야 그렇지. 하지만 그렇더라도 의사라면 약을 줘야 하는 거 아니에요! '자연'이 모든 병을 다 치료해 준다면, 이 세상에 의사가 있을 필요가 뭐 있겠어요!"

"나는 약이 병을 고쳐 준다고 믿어요. 그것도 아주 많이. 그래서 해마다 봄가을로 우리 애들에게 좋은 기생충 약을 먹여요. 애들을 병들게 하는 게 있든 없든, 그냥 안전하게 먹였어요. 애들한테 무슨 문제가 생기거나 하면 더 많이 듬뿍 먹였고요. 약을 많이 먹였다고 나 자신을 탓할 생각은 조금도 없어요."

브릭스 부인이 당당하게 말했다. 그러고 나서는 죽은 아이들이 묻힌 묘지가 떠올랐는지 한 걸음 물러나 삼가듯 덧붙였다.

"주님께서 주시고 주님께서 거두어 가시도다!"[28]

제이컵스 양이 말을 받았다.

"위원님도 그가 딸애 옷을 어떻게 입혔는지 보셨어야 하는데! 마을의 수치였어요. 글쎄, 멀리서 보면 여자앤지 남자앤지 구분할 수가 없었다니까요. 게다가 맨발이었어요! 그는 애가 꽤 클 때까지도 맨발로 돌아다니게 내버려 뒀어요. 그래서 그 애를 보면 당황하지 않을 수 없었죠."

젊은 처녀 시절 에스터가 그 작은 마을의 유순하고 얌전한 처녀들과 달랐던 이유는, 자유분방하고 건강한 어린 시절을 보냈기 때문인 것으로 보였다. 에스터를 조금이라도 아는 사람들은 그녀를 좋아해 마지않았고, 아이들도 그녀를 몹시 따랐다. 하지만 점잖은 마나님들은 고개를 가로저었고, "별난" 여자에 대해 한마디도 좋은 말을 하지 않았다.

사람들은 에스터에 대한 기억을 세세히 떠올렸다. 열다섯 살이 될 때까지 에스터의 머리가 얼마나 짧았는지, 남자애처

28  욥기 1장 21절. "내가 모태에서 알몸으로 나왔사온즉 알몸이 그리로 돌아갈지라. 주신 이도 여호와시요 거두신 이도 여호와시오니 여호와의 이름이 찬송을 받으실지니이다 하고."

럼 바싹 치켜 깎은 머리를 보면 엄마 없는 그 애가 참으로 딱해 보였다고도 했고, 신발과 양말을 신고 다녔을 때조차 옷차림새를 두고 말이 많았다고도 했다. 체크무늬 옷, 짧은 밤색 체크무늬 옷을 입고 다녔었다고!

"전 그분이 정말 좋은 여자였다고 생각해요. 아니, 생각만 하는 게 아니라 생생하게 기억할 수도 있어요! 그분은 우리 아이들에게 정말 잘해 주셨어요. 저보다 다섯 살인가 여섯 살 많았는데, 그 정도 나이 차이가 나면 어린애들하고는 아무것도 같이 하지 않으려고 하잖아요. 하지만 그분은 친절하고 상냥했어요. 우리랑 산딸기도 따러 다니고, 여기저기 데리고 다니면서 새로운 게임도 가르쳐 주고, 이것저것 알려 주기도 했어요. 제 기억에 그분만큼 우리한테 잘해 준 사람은 아무도 없어요!"

감정이 북받쳐 오르는지 마리아 아멜리아의 마른 가슴이 들썩였고, 눈에는 눈물이 차올랐다. 하지만 어머니가 쌀쌀맞게 딸의 말을 반박했다.

"너를 위해 머슴처럼 온갖 일을 다 하면서 살아왔는데, 그게 어미 앞에서 할 소리니! 할 일 없는 젊은것이 어린애들한테 좋은 소리 듣기가 뭐 어렵겠어. 딸내미라면 그저 오냐오냐 하던 그 변변치 않은 아버지라는 사람은 자기 딸한테 여자가 해야 할 일을 아무것도 가르치지 못했어. 당연히 가르쳐 줄 수 없었겠지."

"하다못해 재혼이라도 해서 새엄마를 만들어 줬어야 해요."

수재나 제이컵스가 단호히 말했다. 너무 단호하게 말해서 시 위원이 잠깐 동안 그녀의 표정을 살피기까지 했다. 시 위원은 이 무신경한 아버지가 재혼을 하지 않았다면, 기회가 없었기 때문은 아닐 거라고 결론지었다.

시몬스 부인이 같은 생각이라는 눈빛으로 제이컵스 양을 힐끗 돌아보며 고개를 끄덕였다.

"맞아요, 당연히 그랬어야 했어요. 아무튼 남자는 애들을 제대로 키우지 못해요. 남자들이 어떻게 애를 키울 수 있겠어요? 엄마들은 모성이라는 게 있잖아요. 내 말은 정상적인 엄마라면 그렇다는 거예요. 하지만 안타깝게도, 엄마처럼 보이지 않는 여자들도 있죠. 심지어 아이가 있는데도 말이에요!"

자식을 열셋 낳은 엄마도 한목소리를 냈다.

"맞는 말이에요, 시몬스 부인. 모성은 신이 주시는데, 안타깝게도 그 애에게는 그게 별로 없었어요. 지금 우리가 얘기하는 에스터 말이에요. 다들 알다시피 그 애는 다른 여자애들하고 달랐어요. 보통 여자애들이 어울려서 하는 일이나 옷차림에는 통 관심이 없고, 걸핏하면 어린애들하고 이 산 저 산 어울려 다니면서 시시덕거렸잖아요. 그 애를 쫓아다니지 않은 애는 아마 이 마을에 없었을 거예요. 그래서 속 썩는 집도 더러 있었지요. 어린애들이 엄마한테 에스터 이모는 이렇게 말했다는 둥 에스터 이모는 저렇게 했다는 둥 말대꾸를 해서요. 젊은 여자애가 왜 그랬는지 모르겠어요. 또래 남자는 뒷전이고 어린애들하고 어울리는 걸 더 좋아하다니. 정상이 아니었어요!"

"하지만 결혼은 했잖아요?"

시 위원이 물었다.

"결혼요! 네, 결혼을 하긴 했죠. 다들 그 애가 결혼하긴 틀렸다고 생각했는데 했어요. 나중에 그 애 아버지가 딸한테 가

르친 것 때문에 그 애가 결혼할 기회는 다 물 건너갔구나 싶었
거든요. 여자애한테 그런 걸 가르치다니 정말 끔찍한 일이었
어요."

"그 아버지가 의사니 좀 다르게 봐야 하지 않을까요."

시몬스 부인이 끼어들었다.

"의사든 의사가 아니든, 처녀한테 그런 걸 가르치다니 정
말이지 낯부끄러운 일이에요."

"마리아 아멜리아, 냄새를 맡으면 정신이 나는 약 좀 가져
다다오. 아마 비상용품 상자에 있을 게다. 마르시아 이모가 여
기 왔을 때 발작을 일으켰던 거 기억하지? 그때 이모가 그 약
을 찾았잖니. 옷장 맨 위 서랍을 찾아봐. 거기 있을 테니."

브릭스 부인이 말했다.

서른여섯 살이지만 미혼인 마리아 아멜리아가 심부름을
하러 나가자, 나머지 여자들이 시 위원에게 바싹 다가앉았다.

"내 평생 그렇게 망측한 얘기는 들어 본 적이 없어요. 글
쎄 아버지라는 사람이 딸한테 아기가 어떻게 태어나는지 가
르쳐 줬다지 뭐예요!"

브릭스 부인이 속닥거렸다.

숨소리 하나 들리지 않았다.

"그랬대요. 세세하게 다 가르쳐 줬대요. 아휴, 소름 끼쳐!"

작은 양재사가 맞장구쳤다.

브릭스 부인이 말을 이었다.

"그 사람이 자기 딸한테 엄마가 되려면 어떻게 해야 하는
지 알아야 한다고 했대요, 글쎄!"

"그래서 교회 부인회에서 그 사람을 찾아갔어요. 그보다
나이도 많고 결혼도 한 부인들이 찾아가서 왜 마을 사람들이

쑤군댈 일을 만드느냐고, 무슨 생각으로 딸한테 그런 말을 했느냐고 따져 물었죠."

제이컵스 양이 깐죽거렸다.

다시 한 번 쥐 죽은 듯 조용해졌다.

위에서, 계단에 다다른 듯한 마리아 아멜리아의 발소리가 들렸다.

"엄마, 여기 없는데요!"

"그럼 장롱 맨 위 서랍을 찾아봐라. 거기 어디 있을 게다."

마리아 아멜리아의 어머니가 대답했다.

그러고 나서 음흉스럽게 속삭였다.

"네, 맞아요. 나도 부인회 회원이라 같이 갔었거든요. 그 사람이 우리한테 글쎄 젊은 여성이 엄마가 되기 전에 알아야 할 것들을 모르면, 아이들을 낳기 위해 아빠를 선택하는 일에서 본분을 다하지 못할 거라고 했다니까요! 정말 그렇게 말했어요. '아빠를 선택하는 일'이라뇨! 아이들을 낳기 위한 아빠에 대해 생각하는 게 젊은 여성이 꼼꼼하게 해야 할 적절한 일이라니!"

"그러게요. 그리고 그보다 더한 건, 그 사람이 부인회에 말하길……."

비록 부인회 회원은 아니었지만, 그들의 일을 잘 아는 양 제이컵스 양이 끼어들었다. 하지만 브릭스 부인이 그녀를 무시하고 잽싸게 말을 이었다.

"그 사람이 순진한 딸한테 그 흉측한 병에 대해 가르쳤대요! 진짜예요!"

"정말 그랬대요! 마을에 소문이 쫙 퍼졌더랬어요. 그러니 그 여자랑 결혼하고 싶어 할 남자가 어디 있었겠어요."

양재사가 말했다.

제이컵스 양이 꿋꿋하게 다시 끼어들었다.

"난 왜 그 사람이 '딸을 지키기 위해서'라고 했는지 알아요. 정말 딸을 지킨 거예요! 결혼을 못 하게 지킨 거라고요! 살아 있는 남자는 누구나 인생의 모든 죄악을 아는 처녀와 결혼하고 싶어 할 것처럼 가르쳐서 말이에요! 난 그렇게 배우고 자라지 않았어요, 절대로!"

"젊은 처녀들은 순진해야 해요! 난 결혼할 때 뭘 어떻게 해야 하는지 엄마 배 속의 아기보다도 더 몰랐어요. 내 딸들도 나처럼 키웠고요!"

브릭스 부인이 무게를 잡고 말했다.

그때, 마리아 아멜리아가 약을 가지고 돌아오자 브릭스 부인은 목소리를 좀 더 키우며 계속 이야기했다.

"하지만 어쨌거나 그 여자는 결혼을 했어요. 그런데 남편까지 아주 별난 사람을 얻었지 뭐예요. 화가라나 뭐라나 잡지 같은 데다 그림을 그린다는데, 사람들 말로는 산에서 둘이 처음 만났다더라고요. 여기 사람들이 알기로는 그렇게 만나기 시작했다는데, 아무튼 그 둘은 안 가는 데 없이 어슬렁어슬렁 돌아다녔어요. 그림 그리는 도구들을 챙겨 가지고! 그 둘은 결혼하고 여기 정착해서 여자 아버지랑 같이 살았어요. 여자가 아버지를 떠나지 않겠다고 해서요. 그 남편은 어디 살든 상관없다면서 자기 할 일을 했죠."

"그분들은 아주 행복해 보였어요."

마리아 아멜리아가 말했다.

"행복! 뭐, 그랬을지도 모르지. 내가 보기엔 별날 뿐이었다만."

마리아 아멜리아의 어머니가 옛 생각을 하는 듯하다가 고개를 가로저으며 말을 이었다.

"뭐, 한동안은 멀쩡하게 사는 것 같습니다. 하지만 그 노인네가 죽고 나서 그 둘은…… 가정을 꾸린 사람들이 사는 모양새가 아니었어요!"

"아니었죠. 그 둘은 집보다 밖에서 더 많은 시간을 보냈어요. 젊은 아내는 어디든 남편을 따라다녔고 아무 데서나 애정 행각을……."

제이컵스 양이 말을 흐렸다.

그 기억에 그들 모두 큰 반감을 드러냈다. 시 위원과 마리아 아멜리아만 빼고.

브릭스 부인이 말을 받았다.

"그 여자도 애가 하나 있었어요. 여자아이였죠. 처음부터 애를 어찌나 막 키우는지 입이 다물어지지 않을 정도였어요. 모성애가 눈곱만큼도 없는 것 같더라고요!"

"하지만 좀 전에 부인께서 그분이 아이들을 굉장히 좋아했다고 하셨잖아요."

시 위원이 따져 물었다.

"아, 아이들, 좋아했죠. 읍내에 있는 꾀죄죄한 녀석들도 챙기고, 심지어 캐나다 아이들하고도 스스럼없이 어울렸어요. 소풍이라도 나왔는지 올망졸망한 애들한테 둘러싸인 걸 본 적도 한두 번이 아니었죠. 제분소 일꾼들의 애들한테 말이에요. 그 여자 말로는 '야외 학교'라고 했어요. 아무튼 그런 일을 한 여자였어요. 하지만 자기 아이한테는 글쎄……."

브릭스 부인의 목소리가 으스스하게 조용해졌다.

"아이한테 옷을 하나도 안 입혔어요. 양말 한 짝도!"

시 위원이 호기심을 보였다.

"왜요? 그 애한테 무슨 일이 있었어요?"

브릭스 부인이 대답했다.

"아무도 몰라요! 그 여자는 애가 어렸을 때 우리한테 보여주려 하지를 않았어요. 창피했던 모양이에요. 하지만 엄마가 그렇게 생각하는 건 이상한 일이잖아요. 뭐, 나야 우리 애들을 아주 자랑스러워했지요! 예뻐 보이게 하려고 애썼고! 나는 밤새 앉아서 바느질을 하고 빨래를 하면서도 우리 애들이 멀끔해 보이도록 했어요!"

교회 묘지에 있는 여덟 개의 작은 무덤이 생각났는지 가여운 노부인의 눈에 눈물이 그렁그렁해졌다. 노부인은 지금까지도 그 무덤들을 예쁘게 단장하려는 노력을 게을리하지 않았다.

"그 여자는 어린애가 거의 맨몸으로 강아지처럼 풀밭을 굴러다녀도 그냥 놔뒀어요! 차라리 인디언 여자가 더 낫죠. 인디언 여자는 그래도 한동안 애한테 옷을 차려입히니까. 그 애는 인디언만도 못한 취급을 받았어요. 물론 우리가 가만히 보고 있지만은 않았죠. 더는 그냥 놔두면 안 되겠다는 생각에 할 수 있는 일은 다 했어요. 하지만 그 여자가 그런 걸 지독히도 못 견뎌 하더라고요. 그래서 그냥 놔둘 수밖에 없었어요."

"그 아이가 죽었어요?"

시 위원이 물었다.

"죽기는요! 아이코, 아니에요! 저기 지나가는 건강한 여자애가 바로 그 여자 딸이에요. 그래도 스톤 부인이 데려가서 아마 잘 클 거예요. 스톤 부인은 늘 저 어린 에스터 걱정을 많이 했거든요. 난 저 애가 엄마를 잃은 게 오히려 잘된 일이라고 봐요. 정말 그렇게 믿어요! 그렇게 키웠더라면 애가 살아 남을 수나 있었겠어요! 처음부터 끝까지 눈을 씻고 봐도 그 여자에게 모성은 없는 것 같았어요! 자기 자식이 있는데도 예전처럼 남의 집 애들부터 생각하는 듯 보였거든요. 그건 자연의 섭리를 거스르는 거예요. 내가 왜 이렇게 말하는지 한번 들어봐요. 그들 부부는 마을보다 호수에 더 가까운 저 위쪽 계곡에 살았어요. 남편은 어딘가에 갔다가 그날 저녁 집으로 돌아오는 중이었대요. 드레이턴에 갔다가 호숫가 길을 따라서 마차를 타고 오던 중이었다나 봐요. 그 여자는 남편을 마중 나갔고요. 그리고 남편이 오나 보려고 호수 둑 위로 올라갔다가 호수 건너편에서 마차가 오는 모습을 봤던 모양이에요. 그래서 남편이 집에 도착해서 제때 어린 에스터를 구할 수 있다고 생각했겠지요. 그렇게 믿지 않고서는 도저히 그 여자의 행동을 이해할 수 없어요. 그 여자가 어떻게 했는지 들려줄 테니, 제정신이라면 어떤 엄마가 그럴 수 있는지 직접 판단해 봐요! 기사를 읽어서 알고 있겠지만, 세 마을이 완전히 물바다가 될 뻔한 끔찍한 사고가 일어났을 때였어요. 그러니까 그 여자가 호수 둑에 올라갔다가 둑이 무너지는 순간을 본 거예요. 그 여자는 원래 그런 걸 잘 알았어요. 그래서 뒤돌아서 냅다 뛰었지요. 길 잃은 소를 잡으러 산에 올라갔던 제이크 엘더가 그 모습을 봤는데, 너무 멀리 떨어져 있어서 무슨 일 때문인지는 짐작할 수 없었지만, 여자가 그렇게 빨리 뛰는 건 생전 처음 봤다더라고요.

그런데 믿길지 모르겠지만, 그 여자는 자기 집을 그냥 지나쳐 갔어요. 한번 멈추지도 않고, 돌아보지도 않고, 곧장 마을을 향해 뛰었죠. 물론 너무 놀라서 제대로 생각할 겨를이 없었는지도 모르지만, 그 여자는 그럴 사람이 아니었어요. 아니고말고요. 난 그 여자가 그 천진난만한 아이를 죽게 내버려 두기로 작정했으리라고 생각해요. 아무튼 그 여자는 곧바로 우리 마을로 달음박질쳐 내려와 위험을 알렸고, 우리도 물론 말을 타고 계곡 아래로 달려가서 상황을 알렸어요. 그래서 세 마을 어디서도 목숨을 잃은 사람이 없었죠. 그 여자는 우리한 테 위험을 알리자마자 뒤돌아 달려갔지만, 이미 너무 늦은 뒤였어요.

제이크가 모든 것을 봤지만, 너무 멀리 있어서 할 수 있는 일이 없었다더라고요. 둑이 터지는 게 너무 무서워서 한 발짝도 움직일 수 없었대요. 그래서 둑에 가까워질 때까지는 편하게 달리다가, 둑이 터진 광경을 봤는지 그린우드가 미친 듯 마차를 모는 모습을 보고 서 있었다나 봐요. 그린우드는 그 애 아빠였어요. 하지만 그 사람도 너무 늦고 말았죠. 둑이 무너지고 쏟아져 내린 물이 해일처럼 그 사람을 삼켜 버리고 말았어요. 그리고 그 여자도 거의 집 앞까지 갔지만 물이 밀어닥치는 바람에 집과 같이 떠내려갔고요. 그 뒤로 몇 날 며칠을 찾았지만 애 엄마도 애 아빠도 찾을 수 없었어요. 강으로 휩쓸려 가 버린 거죠.

그 사람들 집은 좀 높은 지대에 있었던 데다 튼튼했어요. 그 집하고 호수 사이에 큰 나무들도 있었고요. 그래서 저 아래 보이는 돌로 지은 교회까지 떠내려와서 벽에 부딪혔는데 박살이 나지는 않았죠. 그 아이는 다행히 물에 완전히 잠기지는 않은 채, 침대 위에서 동동 떠 있다 발견됐어요. 기적처럼 추위에 죽지 않고 살아 있었어요. 체질이 강한 게 틀림없어요. 그 애 부모는 애를 위해 아무것도 하지 않았어요. 그래서 우리가 여기서 그 애를 키우게 된 거예요."

"엄마, 근데 있잖아요, 제 생각엔 그분이 자기 할 도리를 다한 것 같은데요. 만약에 그분이 위험을 알리지 않았다면, 세 마을 모두 송두리째 떠내려갔을 거예요. 엄마도 잘 아시잖아요. 1500명의 목숨이 걸린 일이었어요. 아이를 데리고 나오기 위해 멈췄다면, 그분은 이 마을에 제때 도착할 수 없었어요. 그분이 제분소 일꾼들의 아이들을 생각해서 그런 걸 못 믿으세요?"

마리아 아멜리아 브릭스가 말했다.

"마리아 아멜리아, 난 네가 부끄럽구나! 넌 결혼도 못 했고 엄마도 아니잖아. 엄마의 도리는 자기 아이를 지키는 거야! 그 여자는 남의 집 애들을 지키려고 자기 애는 내팽개쳤어. 주님이 그 여자한테 돌보라고 주신 건 남의 집 애들이 아니야!"

브릭스 부인이 반박했다.

"맞아요, 여기 남은 그 여자애는 마을의 짐이에요! 그 여자는 자격 없는 엄마였어요!"

제이컵스 양이 말했다.

**옮긴이**
**이은숙**

중앙대학교 영어교육학과를 졸업하고, 고등학교에서 학생들을
가르쳤다. EBS를 비롯한 여러 텔레비전 채널에서 영화, 다큐멘
터리, 미니시리즈, 애니메이션 등 영상 번역을 했다. 현재는 출
판 기획 · 번역 네트워크 '사이에' 위원으로 활동하며 도서 번역
에 힘쓰고 있다. 옮긴 책으로 『스파르타 이야기』, 『히말라야에서
차 한 잔』, 『핑거북, 나를 말하는 손가락』, 『중년, 잠시 멈춤』, 『그
숲에는 남자로 가득 했네』, 『테이크 미 위드 유』, 『그들은 목요일
마다 우리를 죽인다』 등이 있다.

**엄마 실격**

1판 1쇄 찍음  2020년 8월 7일
1판 1쇄 펴냄  2020년 8월 14일

지은이  샬럿 퍼킨스 길먼
옮긴이  이은숙
발행인  박근섭, 박상준
펴낸곳  (주)민음사

출판등록 1966. 5. 19. 제16-490호
서울시 강남구 도산대로 1길 62(신사동)
강남출판문화센터 5층 06027
대표전화 02-515-2000 팩시밀리 02-515-2007
www.minumsa.com

© 이은숙, 2020. Printed in Seoul, Korea

ISBN  978 89 374 2970 5 04800
ISBN  978 89 374 2900 2 (세트)

* 잘못 만들어진 책은 구입처에서 교환해 드립니다.